Agi Ofner

Nicht so das Bilderbuchmädchen

Agi Ofner

Nicht so das Bilderbuchmädchen

GULLIVER

Ebenfalls lieferbar:
»Nicht so das Bilderbuchmädchen« im Unterricht
in der Reihe *Lesen – Verstehen – Lernen*
ISBN 978-3-407-82432-5
Beltz Medien-Service, Postfach 10 05 65, 69445 Weinheim
Download: www.beltz.de/lehrer

MIX
Papier aus verantwortungsvollen Quellen
FSC® C089473
www.fsc.org

Klimaneutral
Papier
ClimatePartner.com/13732-1910-1001

Dieses Buch ist erhältlich als:
ISBN 978-3-407-81349-7 Print

Umschlaggestaltung: Cornelia Niere, München
Druck und Bindung: Beltz Grafische Betriebe, Bad Langensalza
Beltz Grafische Betriebe ist ein klimaneutrales Unternehmen
(ID 15985-2104-100).
Printed in Germany
1 2 3 4 5 28 27 26 25 24

Weitere Informationen zu unseren Autor:innen und Titeln
finden Sie unter: www.beltz.de

Zara

Zara sitzt im Dunkeln und beobachtet den Jungen von gegenüber dabei wie er weint.
„Was hat dich bloß so ruiniert?“, flüstert sie und hat ein schlechtes Gewissen dabei. So, als würde sie etwas Verbotenes tun. Sie sieht etwas, das sie nicht sehen soll und weiß es, und trotzdem steht sie hier am Fenster. Wie bei einem Unfall, bei dem alle stehen bleiben und versuchen, einen Blick auf die verletzte Person zu erhaschen, um selbst wieder mehr Freude am Leben zu haben. Gott sei Dank bin das nicht ich!
„Vielleicht geht es mir gerade genauso“, denkt Zara und fühlt sich ertappt. Danke, dass es dir schlechter geht als mir. Sie ist sich nicht sicher. Der Junge weint immer noch, die dunklen Haare ganz durcheinander, und irgendwie tut er ihr leid. Er ist vielleicht ein oder zwei Jahre älter als sie. Seine Eltern sitzen am Esstisch ein Zimmer weiter, essen Popcorn und wirken eigentlich ganz sympathisch. Zara weiß nicht, wieso der Junge weint. Als sie ihn entdeckte, lag er bereits als Häufchen Elend auf seinem Bett. Inzwischen hat er sich auf die Seite gerollt, den Blick in ihre Richtung gedreht. Zara zeigt ihm die Zunge, aber er reagiert nicht. Ob er spürt, dass sie ihn beobachtet? Sie beißt sich auf die Lippen, wie immer, wenn sie nicht sicher ist, was sie tun soll, da klopft es an ihre Tür.
„Gute Nacht, Zara!“
„Gute Nacht, Mama“, ruft Zara zurück.
„Morgen um sieben?“
„Ganz sicher nicht!“
„Passt, bis dann.“
Sie hört das Schmunzeln in der Stimme ihrer Mutter.
„Ich dich auch!“, ruft sie ihr nach, während sich die Schritte auf dem Gang entfernen.
Als sie wieder nach drüben schaut, ist das Zimmer gegenüber finster.

Sam

Den Blick starr nach unten gerichtet, beobachtet Sam, wie seine Sneakers sich durch den Regen von hell- zu dunkelblau verfärben. Er hat eine Scheißnacht gehabt und einen Scheißmorgen, und am liebsten würde er sofort umdrehen und zurück ins Bett kriechen. Vielleicht sollte er eine Runde mit dem Bus fahren, bis seine Eltern außer Haus sind und dann retour nach oben gehen. Pizza bestellen und die Spatzen pfeifen lassen. Aus den Augenwinkeln sieht er, dass das Mädchen an der Haltestelle gegenüber ihn immer noch anstarrt. Das geht jetzt schon seit fünf Minuten so.

„Was willst du?", würde Sam gerne gerufen. „Schau nicht so blöd! Hast du ein Problem? Kann ich dir helfen?" und: „Dein gelber Regenmantel ist mindestens genauso bescheuert wie meine Nase!" In unseren Köpfen sind wir alle König. In der Realität sieht Sam die Pfütze um seine Füße immer größer werden. Das Ding ist, dass es schon schwer genug ist, einem Mädchen in die Augen zu schauen, das er kennt. Oder, um ehrlich zu sein, überhaupt einem anderen Menschen.

„Augen sind das Tor zur Seele", sagte die Suppenoma immer, was Bullshit ist. Es schwebt ganz sicher keine Seele in seinem Kopf herum. Aber irgendetwas ist vielleicht trotzdem hängen geblieben von der großmütterlichen Weisheit. Sam hat das Gefühl, als könne ihm das Mädchen gegenüber etwas wegschauen, wenn er den Blick heben würde. Als könne sie mehr sehen, als nur ein paar braune Augen. Als würde er jemanden in sein Zimmer lassen, ohne zuvor aufgeräumt zu haben, und die Person würde sagen: „Aha, so schaut das also bei dir drinnen aus!"

Sam muss über sich selbst schmunzeln. So ein Blödsinn. Er kann das. Er ist stark genug, um einem fremden Menschen in die Augen zu schauen, ohne dabei zu sterben. Langsam zählt er in seinem Kopf bis drei und versucht, seine ganze Unsicherheit hinter einem entschlossenen Gesichtsausdruck zu verstecken,

bevor er den Kopf heben und so eindringlich zurückstarren wird, bis das Mädchen wegschauen muss. Eins. Zwei. DREI!
Sam sieht gerade noch, wie sich die Türen schließen, dann fährt der Bus stadtauswärts davon. Die Haltestelle auf der anderen Straßenseite ist leer.

Zara

Der Junge weint schon wieder und Zara kaut wie wild an ihrer Unterlippe. Mitten in der Referatsvorbereitung über Seeigel hat sie ihn entdeckt und obwohl das durchaus ein interessantes Thema ist und der Mensch mehr mit einem Seeigel gemeinsam hat, als zum Beispiel mit einem Wurm oder einer Fruchtfliege, ist der Junge gegenüber eindeutig spannender.
Den gelben Vorhang etwas zugezogen, steht sie jetzt schon sicher seit fünf Minuten da und fühlt sich schlecht. Und neugierig. Eher neugierig.
Im Sommer, als plötzlich wieder Bewegung in die Wohnung auf der anderen Straßenseite kam, war Zara nur mäßig interessiert. Sie beobachtete aus den Augenwinkeln, wie die Wände einen frischen Anstrich bekamen. Sie schmunzelte, als die Familie auf Umzugskartons zu Abend aß. Sie sah, wie sich die Kartons in Tische, Kästen und Regale verwandelten. Wie sich die Regale Stück für Stück mit Büchern füllten. Wie Fotos auf den weißen Wänden auftauchten und aus einer leeren Wohnung wieder ein Zuhause wurde. Direkt gegenüber war das Zimmer des Jungen und rechts daneben die Wohnküche mit großem Esstisch. Und dann passierte, was nach jeder Veränderung irgendwann passiert. Sie gewöhnte sich an die „Neuen“ von gegenüber und nahm sie gar nicht mehr richtig wahr.
Bis jetzt.
Die genetischen Gemeinsamkeiten von Seeigel und Mensch liegen bei circa siebzig Prozent. Von Mensch zu Mensch sind es neunundneunzig Prozent.

„Uns trennt nur ein lausiger Prozentpunkt“, flüstert Zara. „Warum weinst du?“
Die letzten Tage hat sie Sherlock Holmes gespielt und eine Liste zusammengestellt. Viele Möglichkeiten gibt es nicht. Eigentlich nur zwei, die sie noch nicht wieder durchgestrichen hat, und auch die sind beide irgendwie blöd.
Seine Eltern hat sie sofort freigesprochen. Die sind zu nett. Der Vater geht zuerst außer Haus, und sie küssen sich zum Abschied immer auf den Mund. Außerdem kochen sie nicht nur abwechselnd, sie kochen auch gemeinsam. Gemeinsam! Das muss man sich erst einmal vorstellen. Wenn man gemeinsam kocht, kann man sich nicht bald scheiden lassen, davon ist Zara überzeugt. Als nächster Verdächtiger stand der Hund auf der Liste. Ein Terrier. Ziemlich rattig und vielleicht irgendwann einmal weiß, aber schon lange nicht mehr. Das war ein Indiz, auf das Zara im ersten Moment richtig stolz war. Vielleicht war er ja schon so alt, dass er bald ins Gras beißen würde. Und wenn man mit einem Hund aufwächst, hat man ihn wahrscheinlich ganz gern und will ihn nicht verlieren, auch wenn er verlottert ausschaut. Doch leider ist der Hund zu agil, um bald eines natürlichen Todes zu sterben, und Zara musste auch diesen Punkt von ihrer Liste streichen.
Wie zum Trotz springt der Terrier plötzlich auf das Bett und reißt Zara aus ihren Gedanken. Eine weiche Hundezunge trifft feuchte Wangen. Schleckt die Tränen weg. Zara stellt sich vor, wie der Junge jetzt lächelt, und auch ihre Mundwinkel bewegen sich nach oben.
Ihr dritter Verdacht war die Schule. Langweilig und trotzdem immer noch Grund vieler schlafloser Teenager-Nächte. Aber es passt irgendwie nicht. Das Winter-Halbjahr hat erst vor Kurzem begonnen, und in Zaras Klasse stehen die ersten Klassenarbeiten erst in ein paar Wochen an. Es ist zu früh, um sich deshalb fertigzumachen. Selbst wenn man Angst hat und Mitglied im

„Team sitzen bleiben" ist, würde man höchstens zwei Tage vor einer Arbeit die Krise kriegen. Eher überhaupt erst danach. Auch davon ist Zara überzeugt.

Wenn jemand aus der Familie gestorben wäre, wären die Eltern auch trauriger, aber die sind quietschfidel. Eventuell ist einem Freund oder einer Freundin von ihm etwas passiert, was die Eltern weniger berührt. Diese Variante hält Zara auch immer noch für ein klein wenig plausibel, aber sie hat den Jungen genau beobachtet, und gestern wirkte er ganz normal. Wenn man um jemanden trauert, ist man immer traurig. Zara erinnert sich noch genau daran, als ihr Opa gestorben ist. Da war es nicht einen Tag so und einen Tag so, sondern da war ein riesiger Berg aus Traurigkeit, aus dem sie sich nach und nach freischaufeln musste. Also eher unwahrscheinlich.

Bleiben nur zwei Möglichkeiten.

Entweder: Er wollte nicht umziehen und vermisst sein altes Leben. Seine Freundinnen und Freunde, den Weg zur Schule, die Bäckerei ums Eck und so weiter.

Oder: Er hat Liebeskummer.

Dass man nicht umziehen will, ergibt durchaus Sinn, aber wenn das der Grund wäre, hätte er schon viel früher schlechte Laune haben müssen. Die zeitversetzte Reaktion kommt ihr komisch vor. Außerdem, und darauf ist Zara fast noch stolzer als auf das mit dem Hund, hängt in seinem Zimmer ein Poster vom Sommerfest von vor zwei Jahren. Das mit dem Eisbären und der Sonnenbrille drauf, von dem sie selbst eines in einer Schublade liegen hat. Sprich, er ist nicht von irgendwo hergezogen, sondern wohnt schon länger in der Stadt. So traurig kann einen das dann ja wohl wirklich nicht machen.

Der heißeste Tipp ist also Liebeskummer. Ebenfalls langweilig und ebenfalls Grund von Schlaflosigkeit. Darüber weiß Zara ein bisschen Bescheid und so liegt sie immer noch wach, nachdem das Licht im Zimmer gegenüber schon lange ausgeschaltet ist.

Sam

Die Luft im Auto ist warm und stickig und genau das, was Sam gerade braucht. Er macht die Tür zu, zieht die Knie zur Brust und schließt die Augen. Er kann den fragenden Blick seines Vaters spüren, aber dann hört er zum Glück den Motor anspringen und sie fahren los. Sam fröstelt immer noch, das T-Shirt klebt auf seiner Haut. Er weiß, dass sie gleich um die Ecke fahren werden. Dass er das Schwimmbad noch für einen kurzen Moment sehen könnte und dann ab der nächsten Kurve schon nicht mehr. Er hat immer noch Chlorgeruch in seiner Nase und er fragt sich, wieso Gerüche nicht ortsgebunden sein können. Wieso es das Chlor nicht zurück ins Schwimmbad zieht und es nach und nach seinen Körper verlässt, bis man nichts mehr davon riechen kann. So wie WLAN. Ein paar Meter hat man noch so lala Empfang und dann nada – niente – nichts. Sein Vater muss lachen, als er von der Idee hört, und sagt: „Was für ein Blödsinn!"
Aber Sam findet das gar nicht so abwegig. Zumindest ist beides unsichtbar. Sam merkt, wie sich seine Muskeln langsam zu entspannen beginnen, und er lässt die Knie ein wenig sinken, was für seinen Vater eine klare Einladung zum Reden ist. Er erzählt von der Arbeit. Von dem neuen Auto, das er sich nicht kaufen kann und davon, dass er endlich einen Friseurtermin für Tante Ulli vereinbaren muss. Sam ist froh, dass er selbst nichts sagen muss außer Ja und Aha.

Seine Mutter hat weniger Anstand und fragt ihn sofort, wieso sein T-Shirt nass ist. Und seine Hose.
„Ich hab mein Badezeug daheim vergessen."
„Und dann bist du mit voller Montur ins Wasser gesprungen?"
Sam zuckt mit den Schultern.
„Wieso?", versucht sie es noch einmal, aber Sam weiß nicht, was er sagen soll, deswegen zuckt er wieder mit den Schultern.
„Ich geh duschen."

„Sam ...“, sagt seine Mutter.
Und als er sich umdreht und geht: „... gib das nasse Zeug gleich in die Waschmaschine, ja?“ Mit so einem verständnisvoll besorgten Unterton, dass ein Teil von Sam am liebsten zurückgehen und sie umarmen möchte. Nur kurz gehalten werden. So wie früher.

Später liegt er auf seinem Bett und hält sich die Nase zu. Unter der Dusche war alles besser, aber jetzt, nach dem Abendessen, kommt ihm der Chlorgeruch wieder stärker vor. Er muss an Christopher denken und an sein Lachen, das viel zu laut war und alle anderen ansteckte. Sogar Sophia.
„Schwimmen in Jeans verboten!“, schrie die Bademeisterin und Sophia versuchte zuerst, ernst zu bleiben, aber dann schaffte es ein kleines Glucksen aus ihrem Mund und dann noch eines und noch eines, bis sie mindestens so laut lachte wie der Scheiß-Christopher. Mit dem einzigen Unterschied, dass Sam es Sophia nicht übel nimmt.

„Da, nimm mein Handtuch“, sagte sie später und setzte sich neben ihn auf die Bank.
„Danke.“
„Wieso hast du das gemacht?“
„Keine Ahnung.“
„Du hast so lächerlich ausgesehen. Mit dem riesigen T-Shirt, das war wie ein Ballon um dich herum im Wasser.“
Er zuckte mit den Schultern und lächelte sie verlegen an.
„Sorry, dass ich gelacht hab“, sagte Sophia.
„Es passt schon, es ist okay“, antwortete Sam, aber in Wirklichkeit war nichts okay.

„Was soll ich machen?“, fragt er Tante Ulli, die ihn verstehen würde, weil sie auch kein Wasser mag, aber sie muss auch nächste Woche nicht schon wieder zum Schwimmunterricht.

„Magst du Platz tauschen?"
Tante Ulli sagt nichts, und Sam muss weinen.

Zara

Zara zieht die Vorhänge zu und schaltet das Licht ein. Der Junge von gegenüber weint, aber sie hat genug. Inzwischen ist auch die Neugierde verflogen, es macht sie einfach nur traurig. Das war jetzt schon das vierte Mal innerhalb von zehn Tagen. Nach dem dritten Mal hat sie ihre beste Freundin um Rat gefragt.

„Miriam, was würdest du tun, wenn es jemandem schlecht geht, den du nicht kennst?"
„Und du würdest gerne helfen?"
Zara nickte.
„Könntest du der Person denn helfen?"
„Ich weiß nicht", überlegte Zara. „Es ist ein bisschen so, als ob man etwas in den Nachrichten sieht und nicht direkt eingreifen kann."
„Ich würde versuchen, eine Möglichkeit zu finden, wie ich auch von weiter weg helfen könnte. Zum Beispiel Spenden sammeln oder eine Aktion zu dem Thema planen, sodass mehr Leute davon erfahren würden. Oder zum Beispiel ein Video machen mit aufmunternden Botschaften oder so. Und wenn das alles nicht klappt, würde ich versuchen, nicht mehr dran zu denken, sonst macht einen das kaputt. Da ist es besser, die Hilfsbereitschaft woanders zu investieren. Zum Beispiel in meine Mathe-Aufgabe!"
Miriam grinste und Zara war erleichtert, dass sie nicht näher nachfragte.

Sie hätte Miriam gerne von dem weinenden Jungen erzählt, aber ihr kommt vor, als würde sie damit ein Geheimnis verraten. Au-

ßerdem ist es ihr peinlich, so eine Stalkerin zu sein. Sie weiß mittlerweile, dass der Junge gerne dunkle Kapuzenpullis trägt, meistens Kopfhörer in den Ohren hat und am Abend Müsli isst, seine Eltern essen Brot. Er geht ganz sicher auf das Kepler-Gymnasium, weil er sonst mit demselben Bus fahren würde wie sie, und für gar keine Schule ist er zu jung. Er hat oft nasse Haare, das heißt, er duscht am Abend. Der Hund duscht nie.
Warum der Junge so oft weint, weiß sie immer noch nicht. Vorhin, beim Abendessen, wirkte es so, als hätte er mit seinen Eltern über etwas diskutiert, was Zara ihre Verdachtsliste kurz überdenken ließ, aber es sah nicht so schlimm aus, dass man davon weinen müsste. Und so viel Liebeskummer kann man beim besten Willen nicht haben. Kurz fliegen ihre Gedanken zu Josef, aber da haben sie in diesem Kontext nichts verloren.
„Vielleicht ist er auch einfach welt-traurig", denkt Zara und beschließt, auf keinen Fall Detektivin zu werden. Oder Psychologin. Aber irgendetwas muss sie tun. Es ist ja nicht so, dass sie „den Fernseher" einfach ausschalten kann. Spenden sammeln ist Blödsinn. Eine Aktion planen? Sie könnte die ganze Fischergasse mit Plakaten zukleistern. „Achtung, Achtung! In Nummer dreiundvierzig weint regelmäßig dieser Junge. Seid doch etwas nett zu ihm, falls ihr ihn seht!" Nein. Zara muss über sich selbst lachen. Das ist noch größerer Blödsinn. Ein Video machen! Und dann? Das ist alles so verzwackt! Sie lässt sich auf ihren Schreibtischsessel fallen und schlägt widerwillig ihr Mathe-Heft auf, da hat sie eine Idee.

Sam

„Schau mal!", ruft sein Vater aufgeregt, als Sam ins Esszimmer kommt. Viel zu früh für so viel Enthusiasmus. Sam braucht noch ein paar Sekunden, er muss erst Schlaf aus den Augen blinzeln, sich von der Nacht verabschieden. Er will Tee. Seine Eltern ste-

hen mit ihren Tassen am Fenster, und nachdem seine Mutter Platz gemacht hat, sieht er auch, warum. Auf einem Fenster der Wohnung gegenüber hängen drei Zettel, auf denen in großen Buchstaben „HALLO, ICH BIN ZARA" steht.
Sam ist nicht sicher, was er davon halten soll. Es kommt ihm exhibitionistisch vor. So wie der eine Typ, der die ganze Stadt mit „Bitte vergib mir!", zukleisterte, nachdem er seine Freundin betrogen hatte. Es muss ja nicht gleich jeder wissen.
„Weißt du, wer da wohnt?"
Sam schüttelt den Kopf und setzt sich an den Esstisch.
„Vielleicht irgendeine Nachbarschaftsaktion?", schlägt sein Vater vor, und seine Mutter kramt die lokale Zeitung aus dem Altpapierstapel.
„Hier steht nichts drin."
Sams Eltern stellen sich wieder ans Fenster und biegen sich hierhin und dorthin, um – dem reflektierenden Licht zum Trotz – einen Blick in die andere Wohnung erhaschen zu können. Je weniger sie sehen, desto größer wird ihr Bedürfnis, das Rätsel zu lösen.
„Vielleicht ist es eine Kontaktanzeige?"
„So praktisch, dann hat man es nicht weit!"
„Oder es ist ein Hilferuf!"
Die beiden überlegen, wie sie die Polizei davon überzeugen können, dass gegenüber ein Verbrechen im Gange ist, jemand gefangen gehalten wird, womöglich sogar eine Entführung stattfindet, da sind sie noch nicht ganz sicher.
Sam würde das lockere Gespräch gerne gegen Musik aus seinen Kopfhörern tauschen, aber beim Essen geht das nicht, sagt seine Mutter immer, weil man sich dann nicht mehr unterhalten kann. Klares Missverständnis. Genau das ist ja der Sinn von Kopfhörern, aber das traute er sich dann doch nicht zu sagen. Taktgefühl und so. Er schüttet Milch in seine Müsli-Schüssel und lässt für Tante Ulli ein paar Cornflakes fallen.

„Wieso schreibt sie dann nicht ‚Hilfe'?", fragt er, und kurz sind seine Eltern still, dann überschlagen sich ihre Stimmen wieder.
„Oder sie fühlt sich einfach alleine."
„Vielleicht ist es ein Kunstprojekt."
„Gegen die Vereinsamung und Anonymität im urbanen Raum!"
Sams Vater ist kurz davor, auch einen Zettel ins Fenster zu hängen, auf dem „HALLO, WIR SIND GUSTAV UND NADINE" steht, aber dann muss er los zur Arbeit und die beiden beschließen, das Ganze auf heute Abend zu verschieben.
„Und Sam", sagt Sam, nachdem die Tür ins Schloss gefallen ist.
Seine Mutter blickt ihn fragend an.
„Hallo, wir sind Gustav und Nadine und Sam."
Seine Mutter schaut, als hätte er gesagt, dass Tante Ulli etwas passiert ist.
„Aber klar. Das ist doch selbstverständlich. Das muss man doch nicht extra sagen", versichert sie ihm.
„Passt schon", sagt Sam und greift nach seinem Rucksack. Meistens ist er froh darüber, wie gern sich seine Eltern immer noch haben, aber manchmal ist es ihm auch zu viel.

Zara

Heute ist ein Spargeltag. Davon gibt es immer einige pro Jahr, ob man will oder nicht. Selbst im Herbst, wenn die eigentliche Saison längst vorbei ist. Universelles Gesetz Nummer siebenunddreißig.
„C'est la vie", flüstert Zara und schiebt sich eine Gabel voll Sauce Hollandaise in den Mund. Das Problem ist, dass es manchmal Tage gibt, an denen mehr schiefgeht als nur das Mittagessen, was den Spargel um einiges ekelhafter macht. Deswegen platzt Zara auch der Kragen, als sie keine Hollandaise mehr, aber immer noch Hunger hat.
„Du weißt doch ganz genau, dass ich keinen Spargel mag! Immer,

immer, immer vergisst du alles!", fährt sie ihre Mutter an. Im selben Atemzug tut es ihr leid, weil – ja – ihre Mutter vergisst viele sehr relevante Dinge, aber – ebenfalls ja – sie kann überhaupt nichts dafür, dass Josef heute kein einziges Wort zu Zara gesagt hat und dass an dem Fenster gegenüber noch immer kein verdammter Zettel klebt.

Zara kämpft mit den Tränen, und obwohl sie ihr bestes Pokerface aufsetzt, entgeht den mütterlichen Zauberaugen natürlich nichts. Für einen kleinen Moment blitzen sie noch böse auf, dann wird das Gesicht wieder weich und sie schiebt die ganze restliche Sauce Hollandaise von ihrem auf Zaras Teller. Außerdem holt sie ihr noch zwei Scheiben Brot.

„Danke", murmelt Zara. Eigentlich will sie das überhaupt nicht, aber sie hat ein schlechtes Gewissen und bemüht sich, auch den Spargel zu essen. Nur ja nicht zu viel kauen und in großen Bissen runterschlucken. Gleichzeitig mit Sauce und Brot ist es gar nicht so schlimm.

„Magst du darüber reden?", fragt ihre Mutter vorsichtig und Zara überlegt, schüttelt aber den Kopf. Nur noch zwei Bissen Spargel. Vielleicht einer, wenn sie einen großen nimmt. Dann kann sie in ihr Zimmer gehen.

Ihre Mutter will wissen, ob ihr der Spargel doch schmeckt und sieht dabei ganz hilflos aus. Zara will schon aus Reflex „Ja, eh okay", sagen, da verschluckt sie sich und muss husten und würgen und hat das Gefühl, als hätte sie eine ganze grüne Stange quer im Hals stecken.

„Nein. Nein, mir schmeckt Spargel überhaupt nicht", sagt sie dann, als sie wieder ruhig atmen kann, und versucht zu lächeln. „Aber es ist okay, wenn du ihn trotzdem manchmal machst."

In der Hoffnung, dass das als Entschuldigung gilt, steht sie auf und geht in ihr Zimmer.

Der Kopfpolster riecht zuerst nach nichts und dann ganz leicht nach Haarshampoo. Zara hält die Luft an und atmet dann, so langsam wie möglich, alles aus ihrer Lunge, ihrem Herzen, ihrem Kopf in den Polster. Wenn der Junge von gegenüber sie jetzt sehen könnte, würde er sicher glauben, dass sie weint. Aber er sieht sie nicht, weil er sonst auch die Zettel gesehen hätte, die er sicher nicht gesehen hat, weil er sonst geantwortet hätte. Daran, dass er so blöd ist und nicht antwortet, obwohl er sie gesehen hat, will Zara gar nicht denken. Sie war sicher, dass heute Abend eine Antwort auf sie warten würde. Schon von der Straße aus suchte sie die Fensterreihen ab. Aber da war nichts. Und dann auch noch Spargel.
Immer noch wütend, geht Zara zum Fenster und versucht bewusst, nicht nach drüben zu schauen, während immer mehr karierte Papierschnipsel im Mistkübel landen. Mit einem Ruck zieht sie den Vorhang zu, macht ihre Hausaufgaben, sammelt die Schmutzwäsche ein, schaut auf ihr Smartphone, antwortet Miriam, geht ihre Zähne putzen, sagt ihrer Mutter Gute Nacht, gießt die Pflanzen, schaut noch einmal auf ihr Smartphone, und dann gibt es nichts mehr, was sie machen könnte, bevor sie sich dem grünen Kalender widmen muss. Widerwillig zieht sie ihn unter dem Bett hervor und sucht nach der aktuellen Woche. Am Montag waren es siebenundvierzig. Siebenundvierzig!! Das war bis jetzt der absolute Rekord. Es ging nicht einmal nur um die Mathe-Aufgabe oder solche banalen Dinge. Sie hatten über das Wochenende geredet. Darüber, dass er mit seinen Brüdern wandern war. Und dass es schön war. Also fast schon ein richtig intimes Gespräch. An den meisten Tagen steht zumindest „zwei". Für „guten Morgen". Manchmal auch nur „eins". Für „Morgen". Weil sie immer die ersten beiden in der Klasse sind. Nur heute nicht. Heute kam Zara zu spät und alles lief schief. Einen Moment zögert sie noch, überlegt, ob sie der Statistik zuliebe nicht doch „eins" schreiben soll, weil er mit Sicherheit

„Morgen“ gesagt hätte, wenn sie pünktlich gewesen wäre, aber das würde wahrscheinlich auch nichts besser machen. Außerdem, sagt Miriam, muss man auch die Fehler feiern, wie sie fallen. Also schreibt Zara in das Feld unter dem 21. September schweren Herzens eine dicke, fette Null.

Sam

Er hört das Klopfen erst, als sich seine Zimmertür bereits langsam öffnet. Hastig greift Sam nach dem Kleiderhaufen zu seinen Füßen. Pullover an. Kopfhörer runter. Aufs Bett setzen, Buch aufschlagen und bemüht gelassen tun.
„Was gibts?“, ruft er und sieht im nächsten Moment, wie sich zwei Köpfe durch den Türspalt schieben. Einer mit langen Haaren und einer mit strubbeligen braunen Haaren darüber. Darunter taucht auch noch Tante Ulli auf und Sam rollt mit den Augen, kann aber auch nicht anders, als ein bisschen mit ihnen zu grinsen.
„Wir haben was für dich!“, sagt seine Mutter und „Dürfen wir reinkommen?“, sein Vater.
Sam nickt und die beiden präsentieren ihm stolz das Plakat, das sie gemacht haben.
„HALLO, WIR SIND NADINE, GUSTAV, SAM & TANTE ULLI“, steht darauf und rundherum sind lauter bunte Herzen gemalt, vor allem um den Namen Sam, den man fast gar nicht mehr lesen kann. Ganz unten sind noch kleine Pfotenabdrücke.
„Ihr seid bescheuert!“
„Wir dachten, wir könnten das vielleicht bei dir aufhängen? Weil du ja genau das Zimmer gegenüber hast?“
Das Glas ist angenehm kühl unter Sams Fingern, als er seiner Mutter hilft, das Klebeband glatt zu streichen, und er fragt sich, ob hier gerade alle etwas jemand anderem zuliebe tun. Er bleibt noch eine Weile am Fenster stehen, nachdem seine Eltern wieder gegangen sind und lässt seinen Blick über die gegenüberliegende

Hauswand gleiten. In manchen Wohnungen brennt noch Licht und er kann vereinzelte Splitter von ganzen Leben erkennen. Eine kaputte Topfpflanze, einen Spitzenvorhang, einen kleinen Streifen knallrote Küche. Bis vor Kurzem haben sie in einem Haus gelebt, mit Garten und Apfelbäumen und viel Platz für Wettrennen mit Tante Ulli. Sam kommt es immer noch komisch vor, dass jetzt so nah um ihn herum so viele andere Menschen sind. Die beste Taktik, um mit so einem Leben mitten in der Stadt klarzukommen, ist Ignoranz. Sam glaubt immer noch ganz fest daran, dass es wie früher beim Versteckenspielen funktioniert: Solange man die Hände vor den Augen hat und niemanden sieht, kann man auch nicht gesehen werden. In „Zaras Zimmer" ist es schon finster, aber er ist ziemlich sicher, dass die Zettel gegenüber nicht mehr hängen, und insgeheim ist er froh.
„Schnapsidee", sagt er zu Tante Ulli, die immer noch blaue Pfoten hat. Dann zieht er seinen Pullover aus und stellt sich wieder vor den Spiegel.

Zara

„Ich bin so mutig, ich bin einfach die Mutigste!", sagt Miriam und grinst bis über beide Ohren, während sie zur Bushaltestelle gehen. „Bin ich nicht cool!? Ich hab ihn einfach so gefragt, ob er mit mir einen Kaffee trinken gehen will! Kannst du dir das vorstellen? Einfach so!" Sie grinst immer noch und Zara überlegt, ob mit ihrer Freundin alles in Ordnung ist. Sie hat schon ein paar Mal erlebt, dass Menschen lachen müssen, wenn etwas Schreckliches passiert. Wie zum Beispiel im Skiurlaub, als Onkel Janosch sich beide Arme gleichzeitig gebrochen hatte und niemand mit ernstem Gesicht erzählen konnte, dass er jetzt zweimal von den Fingern bis zu den Achseln eingegipst war. Wenn man nämlich ernsthaft darüber nachdenken würde, müsste man wahrscheinlich weinen, und der ganze Urlaub wäre hinüber, nicht nur für Onkel Janosch.

„Aber“, versucht Zara es vorsichtig, „er hat Nein gesagt?“
„Ja, aber das ist egal“, sagt Miriam sofort. „Darum gehts nicht. Ich hab ihn gefragt, verstehst du? Ich hatte solche Angst und ich hab ihn trotzdem einfach gefragt und lebe immer noch. Das hat sich so gut angefühlt, da war mir die Antwort egal.“
Zara wirft ihr noch einmal einen skeptischen Blick zu, aber Miriam scheint ernsthaft gute Laune zu haben.
„Deswegen bist du meine beste Freundin!“, sagt Zara. „Weil du dich so sehr über Sauce Hollandaise freust, dass du ganz vergisst, dass es eigentlich Spargel gibt.“
„Wann gibts Spargel?“, fragt Miriam und ihre Augen leuchten.
„Ich hoffe, frühestens in einem halben Jahr. Kommst du?“
„Deal!“
Die beiden lachen, aber dann wird Zara wieder ernst. Heute war ein Zweier-Tag. Das ist besser als null, aber für: „Willst du mit mir einen Kaffee trinken gehen?“, braucht man acht Wörter. Wenn man beide Augen zudrückt, vielleicht sechs, aber das sind immer noch dreimal so viele, sie muss sich also irgendetwas einfallen lassen.
„Was soll ich denn machen?“
„Wegen Josef?“
„Ja ... meinst du, ich soll ihn auch einfach fragen?“
Miriam schüttelt entschlossen den Kopf.
„Nein! Du magst den wirklich. Ich find Alan süß und das wars schon. Aber du bist so richtig verliebt in den Josef – jetzt schau nicht so, das sieht jedes Kind! Dass es der Josef nicht sieht, sollte eigentlich schon ein Zeichen sein, dass du dir jemand anderen suchen solltest!“
Zara will protestieren, aber Miriam fällt ihr wieder ins Wort.
„Und das ändert alles. In so einem Fall ist das Risiko zu groß, dass er plötzlich Angst bekommt vor so viel Liebe oder dass er das Gefühl braucht, dass er dich erobert. Du musst seinen Jagdinstinkt wecken, verstehst du?“

Zara ist nicht sicher, ob sie versteht, aber Miriam wartet gar nicht auf eine Antwort.

„Du musst ihm sagen, dass du ihn magst, ohne dass du ihm wirklich sagst, dass du ihn magst. Also mit Gesten. Oder mach ihm Komplimente oder so. Irgendwann checkt das auch der!"

„Und dann?"

„Dann fragt er dich, ob du einen Kaffee mit ihm trinken willst!"

„So ein Blödsinn!", sagt Zara und lacht, wobei sie auch ein kleines bisschen Trauer im Bauch hat, weil es immerhin um ihre Zukunft geht.

„Schau, ich denk mir, du musst einfach dranbleiben! Hartnäckig sein und nicht aufgeben! Und wenn ihr euch besser kennenlernt, dann wird der Josef sehen, wie toll du bist und dann wird er gar nicht anders können, als mit dir jeden Tag seines restlichen Lebens einen Kaffee trinken zu wollen. In der Früh und am Abend!"

„Danke!", sagt Zara und umarmt ihre Freundin.

„Das wird schon!"

„Beste?"

„Beste!"

Miriams Bus fährt ein und Zara will sie noch einmal zum Abschied drücken, da sagt sie plötzlich: „Komm mit zu mir!"

„Jetzt?"

„Jetzt! Wir schauen uns einen Film an, machen uns einen schönen Abend, du brauchst das."

„Aber ..."

„Nichts aber, jetzt!"

„Aber meine ..."

„Deine Mama versteht das schon!"

Und dann zieht sie eine kichernde Zara mit sich in den Bus.

Zara schaut auf den schmalen Streifen Nachthimmel und fragt sich, ob das da oben derselbe Stern ist, den sie auch von ihrem Zimmer aus sehen kann. Neben ihr hebt und senkt sich Miriams

Brustkorb, und Zara würde auch gerne einschlafen, aber ihre Gedanken sind noch zu schnell und kreisen immer wieder um Josef und um die Jagd. Miriam liest viele Artikel über Jungs und die Liebe und wie man das Ganze positiv miteinander verbinden kann, aber meistens findet Zara diese Tipps ziemlich daneben. Den mit dem Erobern zum Beispiel. Es stimmt schon, dass man sich über Erfolge mehr freut, wenn sie schwieriger zu erreichen sind. Wenn sie gegen ihre Mutter im Mario Kart gewinnt, ist ihr das zum Beispiel relativ egal, weil die sowieso immer verliert. Wenn sie gegen ihre Cousins spielt, sieht die Sache schon anders aus. Aber Zara bezweifelt, dass man das so einfach auf Beziehungen ummünzen kann. Da sollte es doch überhaupt um etwas anderes gehen als ums Verlieren oder Gewinnen. Um gemeinsames Kaffeetrinken zum Beispiel, dafür braucht man überhaupt keinen Jagdinstinkt. Außerdem hat die Beute während der ganzen Jagd ja überhaupt nichts mitzureden und wird am Ende erlegt. Das entspricht ganz klar nicht Zaras Vorstellungen. Sie stellt sich lieber vor, wie sie das Referat über Seeigel hält und Josef danach zu ihr sagt: „Du bist die Einzige, die so ein Thema interessant machen kann!“ und dann würden sie sich in die Augen schauen und sie würde ihn küssen und sie hätten beide ein bisschen Angst, aber das gehört dazu.
„Morgen. Morgen!“, denkt sich Zara. Morgen wird sie einen neuen Rekord aufstellen.

Sam

„Scheißwetter“, sagt Sophia und umarmt sich selbst. Tante Ulli jagt mit dem Herbstwind um die Wette, aber der Wind ist schneller und pfeift allen Menschen im Park unbarmherzig ins Ohr, dass der Sommer jetzt vorüber ist. Sam findet das nicht so schlimm, aber er sagt nichts.
„Tante“, ruft er. „Tante, komm her!“

Drei Menschen drehen sich um und werfen ihm erstaunte Blicke zu. Tante Ulli springt in einen Laubhaufen.
„Ihr hättet euch einen anderen Spitznamen ausdenken sollen!"
„Hunde hören besser auf Konsonanten", sagt Sam und zuckt mit den Schultern. Er hat keine Ahnung, ob das überhaupt stimmt, aber es ist ihm auch egal.
„Tante!", ruft er wieder und ärgert sich darüber, wie verzweifelt seine Stimme klingt. Er will nach Hause. Er weiß nicht, worüber er mit Sophia noch reden soll.
Sam steht auf und macht, was er genau nicht machen soll. Er läuft Tante Ulli hinterher, die natürlich glaubt, dass er spielen will und immer schneller wird.
„Tante Ulli!", schreit Sophia plötzlich, und, wie zum Trotz, bleibt der blöde Hund stehen. Sam packt Tante Ulli fester, als ihm lieb ist, und klemmt sie unter den Arm.
„Ich muss nach Hause", sagt er.
„Jetzt?"
Sam nickt. „Bis morgen."
„Bis morgen."
Sam dreht sich nicht um, aber er ist sicher, dass ihm Sophia mit hochgezogenen Augenbrauen hinterhersieht.
Hundert Meter weiter tut es ihm bereits leid. Er hat sich ehrlich gefreut, als sie vorschlug, ihre traditionellen Parktreffen wieder aufleben zu lassen. Aber dann nervte jeder einzelne Satz von ihr und er sagte nur „Mhm" und „Aha" und alles, was er erzählen wollte, flog mit dem Wind davon, bevor es Sophias Ohren hätte erreichen können.
Sam ist so in Gedanken versunken, dass er fast Tante Ulli fallen lässt, als ihn die alte Frau anspricht. Was das für ein Hund sei. So entzückend. Wie die Puppi, die sie früher gehabt habe.
Und dann macht Sam etwas unglaublich Blödes.
Er sagt: „Das ist ein Terrier-Mischling." Aber nicht in seiner normalen Stimme, sondern so tief, wie er nur kann, und ganz

verzerrt. Es klingt überhaupt nicht cool oder irgendwie reifer. Es klingt wie ein kleines Kind, das erwachsen spielt. Aber jetzt kann er auch nicht plötzlich wieder normal reden.
„Sie ist wirklich eine ganz Liebe", fügt er noch in derselben Tonlage hinzu, weil ihm die Frau leid tut, die so dreinschaut, als hätte sie ihn besser doch nicht ansprechen sollen. Dann macht er, dass er nach Hause kommt.

Sofort fällt ihm auf, dass im Zimmer gegenüber Licht brennt. Gestern war es finster geblieben und in der Früh war ihm das Plakat peinlich, also hängte er es wieder ab und stopfte es in den Müll. Aber das Ganze ließ ihn dann doch nicht los. Sam ist neugierig. Er würde es nie vor seinen Eltern zugeben, aber inzwischen will er selbst wissen, was es mit dieser seltsamen Nachricht auf sich hat.
Mittlerweile wundert er sich fast schon, dass er bis jetzt nie bemerkt hat, wie nah das Wohnhaus gegenüber eigentlich ist.
„Hallo, hier bin ich, schau, wie ich leuchte!", scheint es zu rufen. Sam fühlt sich wie James Bond. Nur dass der sicher nicht so viel Herzklopfen bei seinen ganzen Aktionen hat. Vorsichtig schiebt er sich an seiner Zimmerwand entlang und hofft, dass er im toten Winkel bleibt. Langsam, Zentimeter für Zentimeter. Er klettert sogar über die Kommode, damit er seine Deckung nicht aufgeben muss. Dann kniet er sich seitlich neben dem Fenster auf den Boden und hebt den Kopf nur so weit, dass er gerade noch nach drüben schielen kann.

Zara

Neununddreißig. Neununddreißig. So unglaublich knapp. Dabei hat sie sich so bemüht.
Nach dem Guten-Morgen-Ritual blieb sie neben seinem Tisch stehen und es fing so gut an. Sie musste nicht einmal die Initi-

ative ergreifen, sondern er fragte zuerst, was sie gestern Abend gemacht habe.
„Ich hab bei Miriam übernachtet, und du?"
„Ich war mit meinen Brüdern auf dem Fußballplatz."
„Ah, wie cool!", antwortete Zara noch. Josef zuckte mit den Schultern und lächelte schief und danach ging alles nur noch bergab. Aber Zara wollte nicht klein beigeben, sie wollte Wörter sammeln, deshalb klammerte sie sich an den Strohhalm und stellte Frage nach Frage.
„Was ist deine Lieblingsfußballmannschaft?"
„München."
„Aha. Und wieso?"
„Die sind gut."
„Aha. Und dein Lieblingsspieler?"
„Der Tormann."
„Ah. Und wie war das letzte Spiel?"
„Gut."
„Kannst du mir bitte die Abseitsregel erklären?"
„Die ist zu kompliziert."
Und dann war sie wütend geworden. Weil sie in Wirklichkeit natürlich weiß, wie die blöde Abseitsregel funktioniert, das weiß sie schon seit Jahren. Jedes Baby versteht die, und sie braucht überhaupt niemanden, der ihr das erklären kann, sie braucht nur mehr Wörter. Aber Josef ist anscheinend wirklich ein bisschen schwer von Begriff.
„Selbst kompliziert!", hätte sie am liebsten gesagt und gleichzeitig aber auch: „Bitte zähl mir alle Länder auf, die du kennst, alle Hauptstädte, alle Orte, die du irgendwann besuchen willst, alle Träume, die du verwirklichen möchtest, welches Lied hörst du gerade, wovor hast du Angst, ich hab auch Angst, gehen wir einen Kaffee trinken, bitte erzähl mir mehr."
Alles nicht so einfach mit der Liebe.
Und weil das mit dem Rekord nichts geworden war, dachte sie

wieder an den Jungen von gegenüber. Miriam sagte, sie solle nicht locker lassen, und für den Josef brauche sie viel Geduld. Das weiß sie mittlerweile, also will sie mit jemand anderem üben. Sie muss lernen, nicht so schnell aufzugeben. Vielleicht waren die Zettel eine schlechte Idee, vielleicht konnte er sie nicht lesen. Vielleicht hat er eine Sehschwäche und traut sich nicht, irgendjemandem zu sagen, dass er nichts sieht und muss deswegen ständig weinen. Wer weiß.

Sam

Das Zimmer schaut überhaupt nicht aus wie das einer vereinsamten Zara, die eine Kontaktanzeige ins Fenster hängt. Es schaut eher aus wie das Zimmer von Sam. Mit Postern an den Wänden, einem übervollen Schreibtisch und einem Einzelbett. Doppelbetten sind der Inbegriff des Erwachsenseins. Ein Doppelbett hat man erst, wenn man glaubt, jemand anderer könnte auch manchmal drin schlafen, davor hat man nur ein Einzelbett. Das heißt, entweder ist Zara auch noch nicht erwachsen oder wirklich extrem allein.

Zara

Deswegen steht sie jetzt also wieder hinter dem Vorhang neben dem Fenster und schaut nach drüben. Auf der Suche nach einem Indiz, das sie bis jetzt übersehen hat. Ihre Unterlippe tut schon weh vom vielen Daraufkauen und da links gibt es eine Ecke, die sie, so wie sie steht, nicht sehen kann. Der Junge ist gerade sowieso nicht in seinem Zimmer, wahrscheinlich duscht er. Zara hat immer noch Krawall im Blut vom Josef, deswegen überlegt sie nicht lange und verlässt ihre Deckung.

Sam

Und plötzlich löst sich gegenüber ein Schatten aus dem Vorhang und stellt sich direkt in das Fenster. Sam erschrickt so sehr, dass er sich die Hand vor den Mund pressen muss, um nicht zu schreien. Er duckt sich und macht die Augen groß. Versucht, seinen Atem wieder einzufangen. Langsam. Vier Sekunden ein, vier Sekunden aus. Dann lässt er sich vorsichtig wieder um ein paar Zentimeter wachsen.

Zara

„Hallo, da bin ich!", sagt Zara und spürt, wie ihr Herz ein bisschen schneller klopft.
In der Ecke ist genau gar nichts, aber sie bleibt trotzdem noch eine Weile so stehen.
Und plötzlich will sie, dass der Junge sie sieht.
„Schau mich an!", denkt sie. „Bitte, schau mich an! Ich bin hier, ich bin da."

Sam

Da drüben steht allen Ernstes ein Mädchen und schaut so unverschämt direkt zu ihm herüber, als würde es im Zoo die Eisbären beobachten.

Zara

Zara setzt sich wieder an den Schreibtisch und versucht, sich auf etwas anderes zu konzentrieren, aber ihr Blick wandert immer wieder nach drüben. Vergeblich. Der Junge kommt nicht zurück in sein Zimmer.

Sam

Es vergeht über eine Stunde, bis sie endlich ihr Zimmer verlässt und er aufstehen und das Licht abdrehen kann.

Zara

Und irgendwann wird Mut zu Müdigkeit.

Sam

Sam hat seine Vorhänge mit Gaffa zusammengeklebt und schaut das ganze Wochenende lang kein einziges Mal nach draußen. Er fühlt sich so, wie wenn jemand mit ihm reden will und die Vierzig-Zentimeter-Regel nicht einhält, nur hundertmal schlimmer. Niemand darf einfach so unverschämt in fremde Zimmer schauen. Schon gar nicht in seines.
„Wir müssen wieder umziehen!", sagte er zu seinen Eltern, die ihn nicht ernst nahmen.
Er weiß nicht, was sie gesehen hat, und selbst jetzt, wo die Vorhänge zu sind, fühlt er sich beobachtet bei allem, was er macht. So kann das nicht weitergehen.
Sam hat schon recherchiert, ob er zur Polizei gehen kann. Kann er nicht.
Und ob er als Minderjähriger ohne Zustimmung der Eltern eine eigene Wohnung mieten darf. Kann er auch nicht. Er hat das Gefühl, selbst Tante Ulli hat mehr Rechte als er.
Am Sonntagabend hat sich Sam leer geweint, und sein Ärger macht einer wilden Entschlossenheit Platz. Wenn einen jemand anstarrt, muss man zurückstarren, bis die Person wegschaut. Er zieht den Vorhang zur Seite und plötzlich ist alles anders.

Zara

Alles ist blöd blöd blöd und peinlich und Zara schwört, dass sie sich nie wieder in irgendeiner Weise irgendwo einmischen wird. In ihr grünes Buch wird sie von jetzt an schreiben, mit wie vielen Leuten sie absichtlich nicht geredet hat und das feiern, als wäre Weihnachten. Seeigel reden ihr ganzes Leben lang nie miteinander und berühren sich auch nicht, nicht einmal zum Sex, was gut ist, weil sie Stacheln haben. Daran wird sich Zara ein Beispiel nehmen. Sie braucht ein Stachelkostüm für die Schule und einen eigenen Tisch, an den höchstens Miriam darf.

„Es ist ja gar nichts passiert“, sagt Miriam am Telefon und muss auflegen, weil sie mit ihrem Verein bei einem Wettkampf ist.

Zara sagt: „Ja eben!“, und fühlt sich nicht verstanden.

Eine zweite Null innerhalb einer Woche ist zu viel.

Und drüben ist der Vorhang vorgezogen, was neu ist. Man sieht aber trotzdem, ob Licht brennt oder nicht, und es brennt die ganze Zeit Licht. Zara kommt sich ausgeschlossen vor, so, als dürfe sie plötzlich nicht mehr mitspielen. Gleichzeitig hat sie Angst. Angst, dass Sam ihre Nachricht doch gesehen hat und er nichts mit ihr zu tun haben will.

Ihre Mutter sagt: „Geh doch mal raus!“, aber Zara ist so schwer wie ein Zementsack und kann unmöglich die Treppe nach unten gehen, also schauen sie sich eine Natur-Dokumentation im Fernsehen an, was kurz alles besser macht, bis es darum geht, dass Schwäne an Liebeskummer sterben können, wovon Zara ganz mulmig wird.

„Gute Nacht“, bringt sie gerade noch heraus. Dann läuft sie in ihr Zimmer und rollt sich als kleine, traurige Kugel auf dem Bett zusammen.

Sam

Sam lässt wieder Licht in sein Zimmer. Zumindest manchmal. Er findet immer noch, dass diese Zara keinen Respekt vor Privatleben hat, aber er fühlt sich nicht mehr bedroht von ihr. Sie tut ihm leid. Manche Jungs in seinem Alter haben Angst vor weinenden Mädchen. So wie jetzt gerade Christopher, der extra laute Scherze macht und versucht, überall sonst hinzuschauen, nur nicht zu Paula, die unter Tränen auf ihr zerbrochenes Handydisplay starrt. Sam zuckt zusammen, als Christopher in seine Richtung schaut und dreht den Kopf auf die andere Seite. Zu spät.
„Na? Was ziehst du dir morgen zum Schwimmen an?"
Sam hat keine Angst vor weinenden Mädchen, aber er hat Angst vor Fragen und vor Blicken, die nur auf eine falsche Antwort warten. Was er sagen sollte, ist: „Ich komm natürlich wieder im T-Shirt, damit du dich nicht von meinen supersexy Muskeln einschüchtern lassen musst." Aber stattdessen sagt er nichts und bemüht sich, geradeaus zu schauen.
Paula weint immer noch, deswegen darf Christopher nicht so schnell aufgeben.
„Was mit Rüschen? Oder kommst du lieber wieder in deinem Michelin-Kostüm?"
Sam sagt immer noch nichts und bohrt sich die Fingernägel in die Handflächen. Sein ganzer Körper ist angespannt, wartet nur auf den nächsten Schlag. Nur nicht die Haltung verlieren. Aber dann hat er eine Idee. Er muss ins Aus. So wie beim Versteckspiel. Er muss in eine Safe Zone, in der ihn Christopher nicht erreichen kann. Er muss zu Paula. Ganz ruhig steht er auf und hockt sich neben ihr auf den Boden.
„Das ist nur ein Handy", will er schon sagen, aber Sam weiß selber ganz genau, dass das nicht stimmt.
„Mir ist auch einmal das Display gesprungen", sagt er deswegen. „Manchmal kann man das reparieren lassen und es ist gar nicht so teuer."

„Wirklich?“
Paula schaut ihn mit großen Augen an. Sam fühlt sich wie in einer Blase. Er konzentriert sich nur auf ihr Gesicht. Versucht, nicht am Rotz unter ihrer Nase hängen zu bleiben. Entfernt nimmt er wahr, wie Leute um sie herum johlen und pfeifen, aber es kann nicht zu ihm durch. Er ist in Sicherheit.
„Wirklich!“, sagt er. „Ich hab noch eine zweite Schutzfolie von meinem Handy, ich glaub, die passt bei dir auch. Wenn du sie willst, kannst du sie dann haben. Wenn deines repariert ist!“
Ein vorsichtiges Lächeln breitet sich über Paulas Gesicht aus und sie rotzt schon viel weniger. Auch Sam fühlt sich besser. Doppelt besser. Nicht nur hat er zum ersten Mal in seinem Leben einen Punkt gegen Christopher gemacht, sondern ein anderer Mensch ist seinetwegen weniger traurig. Was sich gut anfühlt. Win-win sozusagen. So, wie die Suppenoma immer gesagt hat: „Geteiltes Leid wird nicht zu halbem Leid, sondern zu Freude.“ Kitschig, aber vielleicht auch ein kleines bisschen wahr.

Daran denkt er, als er am Abend in das Zimmer gegenüber schaut. Zara hat ein Poster von seiner Lieblingsband über dem Bett hängen und Sam hat Angst, dass er gleich wirklich tun wird, was er befürchtet zu tun. Jede Zelle in seinem Körper sträubt sich, und es wäre so leicht, einfach wegzuschauen und den Vorhang zuzuziehen, aber gleichzeitig kann er nicht anders. Er muss. Und er hat das Gefühl, als wäre das vielleicht auch eine Chance für ihn. Er wird es nie im Leben seinen Eltern erzählen und auch nicht Sophia, aber es führt kein Weg daran vorbei.
„Die Suppenoma wäre stolz“, ärgert er sich und beginnt zu schreiben.

Zara

„Sam."
„Sam Sam Sam."
Zara kann nicht anders, als sich den Namen immer wieder auf der Zunge zergehen zu lassen. Der Junge von gegenüber heißt Sam. Sie fliegt in die Schule und durch den Tag und wieder nach Hause.
Der Junge von gegenüber heißt Sam.

Sam

Es gibt Tage, die sind zum Aus-der-Haut-Fahren. Sie sind noch nicht einmal im Schwimmbad und es geht schon los. Die Mädchen machen „Möpsevergleich" und die Jungs „Schwanzvergleich", während alle erwachsenen Menschen davon reden, dass sowieso immer nur zu hundert Prozent die inneren Werte zählen. Aber das funktioniert nicht in Zentimetern. Sam würde gerne ein neues Messsystem erfinden. Eines, mit dem man Humor messen kann oder Freundlichkeit oder Empathie, alles, nur keine unnötigen Körperteile. Jemand brachte diese blöden Papiermaßbänder eines Möbelhauses mit und schon flogen die ersten Zettelchen. Der Reihe nach gehen alle aufs Klo und kommen grinsend zurück.
„Achtundsiebzig" schreibt Sophia in Sams Matheheft und dahinter ein dickes, fettes Rufzeichen.
„Und du?", flüstert sie. „Wie viel hast du?"
Sam zögert. Er würde gerne hinschreiben, er hat jetzt „Ein Paula", weil sie ihm heute als Dankeschön für das mit dem Handy einen Schokoriegel mitgebracht hat. Und überhaupt lächelt sie ihm immer wieder zu, was Sam ganz verlegen macht. „Paulas" als Einheit der Hilfsbereitschaftsmessung. Das klingt besser. Oder er misst seinen Kopfumfang ab als IQ-Indikator. Vielleicht gibt es da ja einen Zusammenhang. Wobei Christopher einen unglaub-

lich großen Kopf hat, das kann also nicht stimmen.
„Na?“, sagt Sophia und boxt ihn leicht in die Rippen.
Sam zuckt zusammen.
„Ich muss erst noch messen“, murmelt er und nimmt widerwillig das Maßband aus ihrer entgegengestreckten Hand. Es ist still im Gang und Sam geht am Mädchenklo vorbei und dann am Bubenklo und dann geht er weiter, bis er vor dem Schulgebäude steht. Er könnte einfach eine Zahl erfinden. Oder Sophia die Wahrheit ins Heft schreiben. Oder nach Hause fahren.

„Mit Tante Ulli ist was nicht in Ordnung“, schreibt er ihr vom Bus aus. „Kannst du meine Sachen in den Spind legen?“ Sie schreibt nicht zurück, was heißt, dass sie Verdacht geschöpft hat, aber das ist Sam jetzt auch schon egal. Er muss nicht schwimmen gehen, und vielleicht hat Zara ja schon geantwortet.

Zara

„Hallo Sam“, schreibt Zara. „Freut mich!“ Mit Smiley hintendran.
Und dann wird ihr mit Schrecken bewusst, dass sie keine Ahnung hat, was sie als Nächstes machen soll. So weit hat sie nicht gedacht. Sie will immer noch herausfinden, wieso Sam Sam Sam so oft weint, aber das kann sie ihn nicht einfach so als Einstieg fragen, und alle Small Talk-Floskeln, die ihr einfallen, kommen ihr furchtbar oberflächlich vor. Wieso sollte sie jemandem die Frage ins Fenster hängen, wie das Wetter wird oder wie alt man ist? Das funktioniert so nicht. Sie müssen sich erst kennenlernen. Und sie muss sein Vertrauen gewinnen. Das heißt, sie muss zuerst ein Stück von sich selbst hergeben, damit sie eines von ihm kriegen kann.
„Ich hab Angst vor Nadeln und vor Regenwürmern“, schreibt Zara auf einen weiteren Zettel und zeichnet ein Wirrwarr an

schwarzen Wurmlinien darunter. „Und du?“ Schnell klebt sie die Zettel in das Fenster, damit sie die Zeichnung nicht mehr sehen muss, und sofort ist es ihr peinlich, aber sie bemüht sich so zu tun, als hätte sie eine Nachricht auf ihrem Smartphone abgeschickt. Kein Zurück mehr.

Sam

Sam muss lachen, als er die Zettel gegenüber sieht.
„Die hat einen Vogel!“, sagt er zu Tante Ulli. Immer noch lächelnd beginnt er, eine Antwort zu schreiben.

Zara

Endlich Endlich Endlich ist Sam zu Hause, sitzt an seinem Schreibtisch, der von ihr weggedreht ist, und hat irgendwelche Zettel vor sich liegen, aber Zara sieht nicht genau, was. Wie ein Gummiball hüpft ihr Herz auf und ab, und obwohl sie den Absatz über Karstgebirge sicher schon zum fünften Mal liest, versteht sie kein Wort. Etwas mit Käse. Und Löchern. Löcher. Sie will Sam kein Loch in den Bauch starren, deswegen bleibt Zara mit der Nase im Geografieheft und schaut nur immer wieder kurz nach drüben.
Da. Jetzt. Er hängt wirklich was ins Fenster, und als Zara den ersten Satz liest, wird ihr schlecht.
„Ich hab Angst vor neugierigen Mädchen.“
Aber dann hängt er noch einen Zwinkersmiley daneben.
Und darunter:
„Und vor Schwimmunterricht. Und vor morgen.“
Zara kann nicht anders, sie muss aufstehen und eine Runde durch die Wohnung laufen, und wenn schon nicht die Welt, dann zumindest ihre Mutter umarmen.
„Heute kannst du Spargel machen!“, ruft sie.

Dann hopst sie im Takt zum Gummiball in ihrer Brust wieder ins Zimmer retour und schreibt eine neue Nachricht an Sam. Es ist schon finster als sie fertig ist, aber morgen früh wird er sie lesen und morgen Abend wird sie eine Antwort haben, und fast vergisst sie in der ganzen Aufregung auf ihr grünes Buch.

Sam

„Guten Morgen, Sam“, sagt sein Vater betont langgezogen und grinst. Sams Mutter grinst auch, gibt aber seinem Vater gleichzeitig einen Stoß gegen die Rippen. Den hätten sie beide verdient. Wie kleine Kinder sitzen sie am Frühstückstisch und warten darauf, dass er eine Geschichte erzählt. Sam schaufelt sich Müsli in den Mund und beißt sich in die Wange, um nicht auch zu grinsen. Er muss sich etwas einfallen lassen. Wenn sie wirklich weitermachen, darf Zara die Nachrichten nur aufhängen, wenn er sie gleich lesen kann. Oder sie schreiben in einer Geheimsprache. Sam will, dass sie weitermachen. Unbedingt, das weiß er jetzt. Heute muss er drei Berge bezwingen. Einmal einen Eintausender, wenn er Sophia sagt, dass Tante Ulli quietschfidel ist und er jegliche Abmessungen von Körperteilen blöd findet, aber wenn sie darauf besteht, kann er seine Ohren abmessen. Die wachsen bis ans Lebensende, es gibt also keinen absoluten Wert. Nichts, an dem ihn jemand festmachen könnte. Das kriegt er hin. Quasi eine Vorbereitungstour. Dann muss er auf einen Dreitausender und der Turnlehrerin eine gefälschte Entschuldigung für gestern unterjubeln. Nicht einfach, nach dem Stunt von letzter Woche, aber auch das ist im Bereich des Möglichen. Aber dann, um 12:15 Uhr, wird die Luft dünn, weil er da auf den Mount Everest muss und zu dem Termin bei der Schulärztin, den er vor zwei Wochen in einem Moment tiefer geistiger Umnachtung vereinbart hat. Da braucht er solche Nachrichten wie die von heute Morgen ziemlich dringend. Auch wenn sie von einer unbekannten, vereinsamten Zara kommen.

Sam weiß mittlerweile, dass der Boden im Wartezimmer acht Fliesen in die eine und fünfzehn Fliesen in die andere Richtung lang ist. Die Wände sind voll mit bescheuerten Sprüchen. Sein Lieblingsspruch ist: „Bei vielen Menschen ist die Problemzone nicht Bauch-Beine-Po, sondern der Kopf", in weißer Schrift vor einem pinken Sonnenuntergang. Er weiß nicht einmal, was das genau heißen soll. Blöderweise steht auf der Tür in Richtung Gang und Freiheit aber: „Sei stärker als deine stärkste Ausrede!", deswegen sitzt er immer noch da.

Die anderen beiden Berge waren einfacher. Sophia zuckte überhaupt nur mit den Schultern und maß seine Ohren mit dem Geodreieck ab. 5,2 Zentimeter das linke und 5,3 Zentimeter das rechte. Das will sie jetzt jedes Jahr einmal machen. Nach seinem Tod soll die Wachstumskurve auf Sams Grabstein stehen. Als Bestrafung für die Tante Ulli-Lüge. Die Turnlehrerin meinte, solange er nächste Woche ganz sicher ohne irgendwelche Eskapaden komme, wäre das schon okay. Sam hatte fast das Gefühl, als sei sie froh gewesen, dass er gestern nicht da war.

Aber jetzt, hier im Wartezimmer, ist die Luft wirklich schon recht dünn, und er braucht ganz dringend Sauerstoff und einen Yak, der ihn zur Schulärztin hineinträgt, weil er das sonst nicht schafft. Alle paar Minuten schaut er auf das Foto, das er heute früh von Zaras Nachricht gemacht hat, die auf mehreren Zetteln in das Fenster geklebt war.

„Guten Morgen Sam!", steht da.

„Schul-Schwimmen ist der Teufel. Aber:
Dip your feet in the water,
Feel your worries float.
I know you can do this,
I know you can cope.
Hab einen guten Tag und immer Kopf hoch halten ;)
Zara"

Sam hat den Text gegoogelt und hört schon den ganzen Tag das Lied in Dauerschleife. Auch als die Tür aufgeht, ein kleiner Junge mit einer verbundenen Hand herauskommt und er als Nächster dran ist. Ohne Yak und ohne Sauerstoff. Nur mit flachem Atem und einem Lied in den Ohren.
„Keep swimming on those tides of hope“, murmelt Sam und traut sich, einen Fuß vor den anderen zu setzen.

Danach fühlt er sich sonderbar leicht im Kopf. So, als hätte ihm jemand ein Loch in den Schädel gebohrt und sein halbes Gehirn abgesaugt. Ganz sicher erste Anzeichen von Höhenkrankheit nach zu langem Sauerstoffmangel. Aber irgendwie auch angenehm. Er geht zurück in die Klasse und kann mit so einem leichten Kopf plötzlich viel aufrechter sitzen. Weniger Gewicht auf den Schultern. Ein weiteres Symptom von zu viel Höhe ist Leichtsinn, und als Sam sieht, wer auf ihn zusteuert, wird ihm zwar ein bisschen schwindlig, aber er kann gar nicht anders und sagt: „Hallo, Christopher. Darf ich mir kurz dein Mathe-Heft ausborgen? Ich hab das Ende der vorigen Stunde verpasst. Das wär echt cool von dir.“
Christopher steht da wie ein Fisch und klappt den Mund auf und zu, ohne dass was dabei herauskommt. Vielleicht war er auch auf dem Mount Everest und braucht Luft.
„Ii-iiich-“, stammelt er dann, und für einen kurzen Moment glaubt Sam wirklich, dass Christopher sich umdrehen und die Hand nach dem Mathe-Heft ausstrecken wird, aber da fällt ihm auf, wie still es plötzlich geworden ist. Alle Augen sind auf sie gerichtet. Sam hört das Blut in seinen Ohren rauschen und sieht mit Schrecken, wie auch Christopher bewusst wird, dass sie im Zentrum des Geschehens sind. Er blickt erschrocken um sich, macht wieder den Mund auf und zu und Sam wünscht sich so sehr, dass jemand die Aufmerksamkeit von ihnen lenkt, jemand zur Tür hereinkommt, einen blöden Witz macht, irgendwas.

Aber es bleibt still. Und aus einem unerfindlichen Grund, vermutlich noch immer Sauerstoffmangel, durchbricht Sam plötzlich die Stille und sagt das Allerdümmste, was er sagen kann, nämlich: „Ich dachte, du wärst cooler.“ Was nicht einmal schlagfertig ist, sondern einfach nur unnötig und blöd. Christopher wird rot im Gesicht, macht seinen Fischmund zu, holt aus und schlägt Sam mitten ins Gesicht.
Und Sam? Sam schlägt zurück, so fest er kann.

Sam soll wieder ins Problemzonenbesprechungszimmer und diesmal seine Nase besprechen, aber er will nicht. Er ist wütend. Alle tun so, als hätte Christopher den Papst geschlagen und sagen, wie unmöglich das wäre und dass man so etwas einfach nicht macht, aber wenn Christopher und seine Freunde sich prügeln, sagt niemand etwas. Höchstens einmal „treibt es nicht zu wild“, mit so einem leicht amüsierten Unterton, als wäre es nicht so tragisch. Als würde das dazugehören. Aber jetzt stehen sie alle da mit Katastrophenmündern und tun betroffen. Und niemand verliert auch nur ein Wort darüber, dass nicht nur seine Nase, sondern auch seine Hand wehtut und Christopher einen leuchtenden Abdruck auf einer Wange hat.
„Es ist nicht so schlimm“, nuschelt Sam in den mittlerweile roten Tafelschwamm und steht auf. Sofort wollen ihn ein paar Leute stützen, aber er weicht allen halb ausgestreckten Armen aus und geht zum Waschbecken, wo er den Schwamm ausdrückt und ihn sich dann wieder unter die Nase hält.
„Es ist wirklich nicht so schlimm!“, sagt er noch einmal und setzt sich demonstrativ zurück an seinen Platz. „Können wir jetzt anfangen?“
Fast mit Genugtuung ignoriert er die besorgten Blicke der Lehrerin genau wie die roten Tropfen, die immer wieder in sein Geoheft klatschen.

Zu Hause ist von dem leichten Gefühl nicht mehr viel übrig. Sam hat Kopfschmerzen, seine Nase pulsiert und ist so geschwollen, dass er nur durch den Mund atmen kann.

„So wie du", sagt er zu Tante Ulli, die neben ihm hechelt.

Aus der Wohnküche klingt Musik zu ihm herüber, und Sam hört seine Eltern lachen. Er spürt, wie der Kloß im Hals immer größer wird und zu platzen droht, dabei sollte er eigentlich froh sein, dass sie kein Drama aus so einer Sache machen. Aber er ist auch enttäuscht. Ein Teil von ihm will gerne Eltern haben, die ihn sofort packen, wenn er mit einer blutigen Nase heimkommt und alle roten Ampeln der Welt ignorieren, damit er möglichst schnell ins Krankenhaus kommt, weil sie ja gebrochen sein könnte und er eine innere Blutung haben könnte und eine verformte Nase bekommen oder in der Nacht unabsichtlich ersticken würde, weil im Liegen alles nach innen rinnt. Ein Teil von ihm will in den Arm genommen werden und hören, dass alles gut wird und dass er tapfer ist und erst einmal von vorne beginnen soll mit dem Erzählen, weil man ohne Grund ja nicht einfach so eine Faust ins Gesicht kriegt. Aber so läuft das nicht. Sam hat andere Eltern. Eltern, die im ersten Moment erschrocken sind, aber daran glauben, dass er das schon ganz gut mit sich allein ausmachen kann und dann lieber Uno spielen wollen. Wenn es morgen immer noch wehtut, kann er ja zu Dr. Schwarz gehen.

Sam denkt nicht, dass seine Nase gebrochen ist und auch nicht, dass er daran sterben wird, obwohl es sich gerade ein bisschen so anfühlt. Er hat nur für einen kleinen Moment gedacht, dass sich vielleicht etwas ändern würde. Dass am Horizont ein Paralleluniversum wartet, auf das er zusteuern kann, wenn er das Ruder selbst in die Hand nimmt. Aber dann konnte er nur einen kurzen Blick darauf erhaschen und ratterte mit vollem Karacho daran vorbei.

Zaras Lied fällt ihm wieder ein.

„I know you can do this, I know you can cope,
Keep swimming on those tides of hope."

Und Sam geht es ein bisschen besser, weil sich zumindest noch jemand so allein fühlt wie er. Er setzt sich an den Schreibtisch und beginnt zu schreiben.

Zara

Der Bogen Papier wird immer leerer, je länger Zara darauf starrt. Sie will gerne etwas Aufregendes schreiben, etwas Cooles, etwas, das mit einer Mount-Everest-Besteigung und einer vielleicht gebrochenen Nase mithalten kann, aber noch nie hat sich Zara so extrem langweilig gefühlt.

„Ich freu mich, dass dir das Lied gefällt", schreibt sie und fängt fast an zu weinen, während sie ihren Tag Revue passieren lässt. „Der Junge in den ich verliebt bin, hat heute vier Wörter zu mir gesagt, ich hab meine Matheaufgabe pünktlich abgegeben, ein Plus auf die Geowiederholung bekommen und ich hab mein Pausenbrot ganz aufgegessen, es wird also morgen nicht regnen. Stets zu Diensten, Zara, aka the most boring girl alive."

Sie zerknüllt den Zettel und wirft ihn neben sich auf den Boden. Wo schon zwei andere liegen. Sie weiß nicht einmal, was sie erfinden soll, so langweilig ist ihr Leben.

„Cool, dass dir das Lied gefällt!", beginnt sie noch einmal.

„Ich bin ein bisschen neidisch."

Dann zeichnet sie ein Venn-Diagramm mit zwei Kreisen, die so weit voneinander entfernt sind, wie es nur geht. Über den einen schreibt sie „ALLES, WAS HEUTE AUFREGEND WAR" und über den anderen „MEIN LEBEN".

„Besser wirds nicht", seufzt Zara und greift nach dem Klebeband.

Sam

Fast muss er lachen, bei der Vorstellung, dass jemand neidisch auf sein Leben sein könnte. Absurd.

„Lifehacks für ein aufregendes Leben", hält Sam ins Fenster.

„1) Die beste Freundin anlügen

2) Zur Schulärztin gehen

3) Sich mit seinem Antipoden anlegen

Nicht nachmachen! Und deine Tipps für mehr Langeweile?"

Zara

„1) Morgen ein Referat über Seeigel halten", schreibt Zara zurück. „Und jetzt deswegen aufhören müssen"

Sie sagen sich Gute Nacht und Sam zieht den Vorhang zu. Das ist seine Art, sich aus ihrer Unterhaltung auszuloggen. Als würde er sein Handy abdrehen.
Zara überfliegt noch einmal ihre Präsentation und stellt sich vor den Spiegel. Sie wird selbstbewusst dastehen und so tun, als wäre es das interessanteste Thema der Welt. Sie wird erzählen, dass Seeigel fünf Beine haben, mit denen sie sogar Licht wahrnehmen können, so, als hätten sie Augen in ihren Füßen. Der Josef wird die Vorstellung lustig finden und mit ihr reden, und dann wird sie ihn küssen. Zur Sicherheit schmuggelt Zara Zahnpasta und Zahnbürste in ihren Rucksack, weil sie das Referat erst nach der großen Pause hat. Sie will einen ersten Kuss erleben, der nach Minze schmeckt und nicht nach Käsebrot. Noch vierzehn Stunden, dann wird ihr Leben überhaupt nicht mehr langweilig sein.

Sam

In dem Wartezimmer heute hängen keine dämlichen Sprüche an den Wänden, sondern Aquarellbilder von Seenlandschaften, und Sam kriegt viel besser Luft, trotz kaputter Nase. Allein zu Dr. Schwarz gehen ist auch so etwas wie die Doppelbetten. Das ist der Inbegriff des Erwachsenseins. Trotzdem fühlt Sam sich überhaupt nicht erwachsen, er fühlt sich verwirrt. Er weiß nicht, was er machen soll, und er würde, ohne mit der Wimper zu zucken, Zaras unaufgeregtes Leben gegen sein Durcheinander tauschen.
„Die ist angebrochen“, sagt der Arzt dann im Behandlungsraum und zeigt fast stolz auf den dünnen Riss, der sich durch das Röntgenbild zieht. „Ein ganz glatter Bruch. Das wächst auch schön wieder zusammen, du musst dir keine Sorgen machen, du hast deine alte Nase bald wieder!“
Sam sagt nicht, dass er lieber eine andere hätte und auch sonst sagt er nichts, außer „Danke“ und dann bleibt ihm nichts anderes übrig, als in die Schule zu fahren.
Er muss gar nicht viel erklären, als er in die Klasse kommt. Das weiße Tape auf seiner blauen Nase strahlt bis in die letzte Reihe. „Gebrochen!“, sagt Sam nur und probiert, so zu lächeln wie sein Arzt. Er sucht Christophers Blick, aber der schaut überall sonst hin, nur nicht zu ihm. Seine Wange ist leicht geschwollen und unterm Auge ist er blau. Sam schämt sich, aber er ist auch stolz.
„Ernsthaft?“, flüstert Sophia, als er sich neben sie setzt. Sie dreht ihren Sessel um neunzig Grad in seine Richtung, und er hat das Gefühl, dass sie ihn seit Ewigkeiten zum ersten Mal wieder so richtig sieht. Sam nickt.
„Gehts dir gut?“, fragt sie ihn dann.
„Ich weiß nicht“, flüstert Sam zurück. Sophia hat die hellsten Augen, die er kennt, und mit denen schaut sie ihn gerade so traurig an, dass er sie gerne umarmen möchte, aber er wartet zu lange und dann ist der Moment vorbei und sie dreht sich wieder nach vorne.

Zara

Laterne des Aristoteles. So heißt der Mund des Seeigels, mit dem er nicht nur Algen und Gestein abschabt, sondern auch kleine Weichtiere zerkaut. Er ist ein Allesfresser. So wie Josef, der sich lieber Traubennussschoko in den Mund stopft oder auf dem Tisch herumkritzelt, anstatt Zara bei ihrem Referat zuzuhören. Sie versucht sich nicht ablenken zu lassen, aber zu einem guten Referat gehört auch, alle Menschen im Raum miteinzubeziehen und so wandert ihr Blick immer wieder zu ihm zurück. Mit jedem Mal wird ihr klarer, dass aus der „Josef ist so beeindruckt von Seeigeln, dass er danach gern von mir geküsst werden will"-Version nichts wird. Wenn sie in sich geht, weiß Zara, dass ein Seeigel-Referat nicht besonders viel Sex-Appeal hat, aber noch tiefer in ihr drinnen hofft ein Teil, dass vielleicht trotzdem etwas daraus wird. Dass der Josef sie zumindest anschaut und ihr zuhört und vielleicht erkennt, dass ihm das gefällt, unabhängig von den blöden Seeigeln. Aber Josef gefällt überhaupt nichts außer seiner Schokolade. Er klatscht zwar mit den anderen mit, aber nicht besonders enthusiastisch, und den Blick hebt er auch nicht. Zara geht zurück an ihren Tisch und sie spürt, wie sich Enttäuschung in ihr ausbreitet wie schwarzer Nebel und sie immer schwerer in den Sessel sinken lässt. Die zwei Kreise ihres persönlichen Venn-Diagramms rasen mit Lichtgeschwindigkeit auseinander, und lieber will sie sterben, bevor sie Sam nichts anderes schreiben kann, als dass sie ein Sehr Gut auf ein Biologie-Referat bekommen hat.

„Nicht nachmachen!", hat Sam gestern geschrieben und plötzlich spürt Zara, wie sich der Nebel ein wenig lichtet. Vielleicht ist das wirklich der Weg zu einem aufregenderen Leben. Sams einen Rat zu ignorieren und sich dafür ein Beispiel an seinen Lifehacks zu nehmen. Und die zwei Kreise so ein bisschen näher zueinanderzubringen.

Als Erstes muss sie also ihre beste Freundin anlügen.

Zara schielt zu Miriam. Sie hat keine Ahnung, wie sie das angehen soll. In der Volksschule spielten sie manchmal gemeinsam „Lügen". Eine erzählte der anderen etwas und die musste dann erraten, ob die Geschichte wahr war oder nicht. Wie zum Beispiel: „Meine Oma hat einen roten Papagei." Das fällt Zara als Erstes ein, und sie ärgert sich schon wieder über sich selbst. Ihr Leben wird ganz sicher nicht aufregender, nur weil jemand glaubt, dass ihre Oma einen Papagei hat. Außerdem kann Miriam durch das blöde Spiel perfekt erkennen, ob sie lügt oder nicht.
Zara überlegt, wann man überhaupt lügt im Leben. Wenn man etwas Verbotenes gemacht hat und das verheimlichen will. Um Mitleid zu kriegen. Wenn man eine andere Person schützen möchte oder wenn einem etwas peinlich ist. Wenn man sich besser darstellen will, als man ist. Die letzte ist wohl ihre Kategorie. Spice up your life. Wenn sie das wirklich allen Ernstes durchziehen möchte, kann sie sich auch gleich eine coole Lüge ausdenken. Eine Geschichte, die so stark aus der Rubrik „Zaras Wunschkonzert" kommt, dass Miriam sie ganz sicher nicht hinterfragen kann, weil das gemein wäre. Weil Miriam ihre beste Freundin ist und sie sich mit ihr freut.
Wortlos schiebt Zara einen Zettel auf die andere Tischhälfte. Miriam liest ihn und ihre Augen werden groß.
„Ernsthaft?", flüstert sie ein bisschen zu laut. „Du hast ein Date mit dem Josef?"
„Psst!", zischt Zara erschrocken und gleichzeitig ist sie überrascht, wie gut sich das aus Miriams Mund anhört, obwohl es nicht stimmt. Ein Date mit dem Josef.
In der Pause wird Zara sofort mit Fragen bombardiert und bekommt Angst. Themenwechsel kann sie sich abschminken. Miriam unterbricht sie sofort und sagt: „Meine Haare interessieren mich überhaupt nicht, jetzt erzähl doch einmal!"
Zara denkt an den zweiten Punkt, den sie nicht machen soll.

„Du, ich hab so Bauchweh, ich hol mir was vom Demler", sagt sie schnell.
„Ich komm mit", sagt Miriam, aber Zara schüttelt den Kopf.
„Passt schon!"
Und dann geht sie, bevor sie es sich anders überlegen kann.

Im Wartezimmer ist sie die Einzige, was schlecht ist, weil der Demler sie sofort sieht und sie sich keine bessere Geschichte mehr ausdenken kann.
„Wie kann ich helfen?", fragt er und sagt dann gleich: „Komm doch rein!"
Zara beißt sich in den Hintern dafür, dass sie das gerade wirklich gemacht hat. Dem Demler ist langweilig, da kommt sie so schnell nicht wieder raus. Er schaut sie fragend an, und sie muss irgendetwas sagen, sonst startet er ganz sicher gleich mit seiner Psychotour. Dafür ist er bekannt. Probleme aus unangenehmer Stille heraussaugen. Zara sagt das Erste und auch Dümmste, was ihr einfällt. Nämlich: „Ich hab Regelschmerzen. Und hätt gern was dafür."
„Dafür oder dagegen?", fragt der Demler mit einem so blöden Zwinkern, dass Zara fast unabsichtlich „Schenkelklopfer" murmelt. Sie beißt sich auf die Unterlippe und schaut zu seinen Schuhen. Hellblau mit weißen Schuhbändern. Viel zu modern für den Rest. Nach unten schauen ist ein Fehler, auf den sich der Demler sofort stürzt.
„Das muss dir doch nicht peinlich sein! Setz dich!"
Und dann hält er ihr einen Vortrag, wie normal das alles sei und fragt, ob sie jeden Monat Schmerzen habe und wie regelmäßig sie ihre Tage bekomme und ob sie schon beim Gynäkologen gewesen sei und dass sie unbedingt einen Termin vereinbaren solle und dass das wirklich total normal sei und dass seine Frau auch manchmal Bauchweh habe in der „Erdbeerwoche", mit ganz viel Augenzwinkern, und seine Mutter auch, aber die sei jetzt schon

in den Wechseljahren, deswegen müsse sie sich nicht mehr mit so etwas ärgern, aber dass es ja eigentlich eh nichts Negatives sei, sondern wirklich total extrem normal. So circa das normalste auf der ganzen Welt. Mit der Regel und so.
Für Zara ist das überhaupt nicht normal, weil sie seit Monaten vergeblich darauf wartet, dass sie ihre Tage zum ersten Mal bekommt, aber das kann sie ihm jetzt auch nicht mehr sagen. Deswegen nickt sie brav und sagt: „Ja, eh regelmäßig. Ja, Termin. Gynäkologin, nicht Gynäkologe. Wirklich total normal. Schön für ihre Mutter. Kann ich jetzt ein Schmerzmittel haben?"

Zara ist sicher, dass man ihre Wangen auf hundert Meter Entfernung noch glühen sieht, als sie mit einem Ibuprofen in der Tasche in Richtung Klasse zurückgeht. Ihr reicht es jetzt schon, aber ein Punkt fehlt noch. Nämlich: sich mit seinem Antipoden anlegen. Salz in die Wunden. Ihr Leben ist so durch und durch unaufgeregt, dass sie nicht einmal sicher weiß, was ein Antipode ist und ob sie so etwas überhaupt hat. Am ehesten vielleicht der Josef, weil, wenn sie jemand unglücklich macht, dann er.
Sie überlegt gerade, wie sie sich mit ihm anlegen kann, ohne dass sie sich zu unbeliebt macht, da kommt er ihr entgegengelaufen. Mit Funken in den Augen.
Er zieht sie zur Seite und zischt: „Wieso erzählst du herum, dass wir ein Date miteinander haben?"
Zara ist sicher, dass ihre Wangen nicht nur hundert Meter weit, sondern bis nach Timbuktu leuchten.
„Was?", fragt sie schwach.
„Du hast herumerzählt, dass wir ein Date haben."
Herausfordernd schaut er sie an. Zara sagt nichts. Sie hat das Gefühl, alle Wörter rinnen in ihrem Hals nach unten und verkleben sich in ihrem Bauch zu einem dicken Klumpen. Sie möchte richtig gern das Ibuprofen vom Demler nehmen.
„Du hast gesagt, dass ich dich auf ein Date eingeladen hab. Dass

wir am Wochenende gemeinsam ins Kino gehen und dann Pizza essen. Wieso?“
„Hab ich nicht ...“, versucht Zara, aber Josef unterbricht sie.
„Willst du, dass wir das machen?“
„Nein!“, ruft Zara und dann: „Ja, ich mein nein, ich ...“
„Soll das ein schlechter Scherz sein oder was? Ich weiß echt nicht, was daran lustig sein soll.“
Zara sagt: „Ich finds auch nicht lustig.“
Und dann dreht sie sich um und geht, bevor er sehen kann, dass sie gleich weint.

Miriam zieht Zara auf die Schultoilette, und es dauert eine ganze Weile, bis außer Schluchzen auch Wörter aus Zaras Mund kommen. „Wieso hast dus weitererzählt?“
„Ich habs nicht weitererzählt!“
„Wer denn sonst?!“
„Ich versteh nicht, was so schlimm daran ist!“
„Ich hab gar kein Date mit dem Josef.“
Jetzt ist es raus. Zara schluckt und sieht, wie Miriams Gehirn die neue Information verarbeitet. Sie bleibt still.
„Ich hab das nur erfunden und jetzt ist Josef sauer und ich werd nie im Leben jemals ein Date mit ihm haben. Und du bist schuld!“
Zara versucht mit all ihrer Kraft dagegen anzukämpfen, aber sie beginnt wieder zu heulen. Miriam wird wütend.
„Bist du blöd? Wieso erzählst du mir so einen Scheiß?“
„Ich weiß auch nicht ...“
„Ich versteh das ganze Drama auch gar nicht“, schimpft Miriam. „Ich weiß nicht, was du an dem überhaupt findest, der Josef ist todlangweilig, es gibt tausend andere Jungs, mit denen du auf Dates gehen kannst.“
Zara denkt an die Augen vom Josef. Und wie sie leuchten, wenn er von seinen Brüdern redet. Sie denkt an den einen Tag im April, als ein Vogel gegen das Klassenfenster flog und der Josef nach-

sitzen musste, weil er während des Unterrichts einfach rausgelaufen war und den Vogel in seine überdimensionierte Pausenbrotbox gepackt hatte, um ihn danach zum Tierarzt zu bringen. Sie denkt daran, wie er als Einziger nicht mitmachte, als seine Freunde heimlich Leim auf den Sessel der Unterrichtspraktikantin leerten. Und wie sich seine Stimme manchmal überschlägt und er dann ganz schüchtern wird. Und vielleicht stimmt es, dass der Josef langweilig ist, aber das ist nur ein weiteres Indiz dafür, wie gut sie zusammengepasst hätten.
„Du hast keine Ahnung", sagt Zara.
„Du auch nicht!", sagt Miriam.
Und dann gehen sie und reden den ganzen restlichen Tag kein Wort mehr miteinander.

Die Tränen sind getrocknet, aber Zara weiß genau, dass sie nur eine Sekunde des heutigen Tages in ihren Kopf lassen müsste und es wären sofort neue da. Quasi auf der Lauer. Sie liegt in ihrem Bett, den Kopf zum Fenster gedreht, und hat keine Lust mehr auf Weinen. Sie hofft, dass Sam bald nach Hause kommt und sie ihm endlich schreiben kann. Das soll sie nämlich nur machen, wenn er zu Hause ist, wegen seiner Eltern. Nichts als Scheißtipps von ihm, echt.
Als drüben endlich das Licht angeht, springt Zara auf und drückt zwei Bögen Papier gegen die Fensterscheibe. Diesmal ohne Klebeband, dafür mit zittrigen Händen und einem suchenden Blick nach drüben.

Sam

Sam wird sich nie daran gewöhnen. Auch wenn seine Augen mittlerweile fast schon automatisch zu Zaras Zimmer wandern, wenn er nach Hause kommt. Dass da drüben jemand steht und zu ihm herüberstarrt, ist und bleibt creepy. Er hofft für sie und auch für ihn, dass sie da nicht schon länger steht und geht mit einem leichten Flattern im Bauch zum Fenster.

„Ich hab alle deine Lifehacks befolgt. Life sucks :(selbst schuld."

Sam liest die Zeilen noch einmal und es steht immer noch dasselbe da, deshalb muss er wohl schon beim ersten Mal richtig gelesen haben. Er kann es immer noch nicht recht glauben.
„Die hat echt den allergrößten Vogel auf der ganzen Welt", sagt er zu Tante Ulli und schüttelt den Kopf. Tante Ulli sagt nichts.
„Ernsthaft?", schreibt er auf einen Zettel.
Und dann noch: „Alle drei????" und hält beide ins Fenster.
Zara nickt.
Sam tippt sich mit dem Finger gegen die Stirn und Zara zuckt entschuldigend mit den Schultern.
„Du hast einen Vogel", schreibt er ihr und zeichnet einen Strauß darunter. Oder zumindest etwas, das so ausschauen soll. Ein dicker Vogel mit einem langen Hals und langen Beinen.
„Nämlich den hier!"
Zara zuckt wieder mit den Schultern. Sam bildet sich ein, dass sie ein kleines bisschen lächelt, aber er ist sich nicht sicher. Er fragt sie: „WIESO?", aber sie steht nur da und antwortet nicht und schaut, sofern er das erkennen kann, ziemlich verzweifelt drein. Man braucht wahrscheinlich von Haus aus schon einen hohen Grundwert an Verzweiflung, um auf so eine bescheuerte Idee zu kommen. Oder sie ist die naivste Person der Welt und hat nicht verstanden, dass seine Nachricht gestern als Scherz gemeint war.
„Wie wars?", fragt er, weil sie immer noch keine Anstalten macht, das Wieso zu erklären.
Zara schreibt kurz und hält trotzig einen Zettel ins Fenster, auf dem „SCHEIßE" steht.
Dann setzt sie sich an ihren Tisch und schreibt länger. Sie hält einen Bogen Papier nach dem anderen gegen die Scheibe und

starrt ihn dabei so eindringlich an, dass er sich lieber nur auf die Zettel konzentriert.

„Ich kann nie wieder zum Schularzt gehen.
Die Liebe meines Lebens hasst mich.
Meine beste Freundin wahrscheinlich noch mehr.
Und ich sie vielleicht auch.
Große Scheiße bis zum Hals.
Warum hast DU das gemacht?
Und wie komm ich da wieder raus?"

Jetzt zuckt Sam mit den Schultern.
„Ich steck auch immer noch drin", schreibt er und hängt dann noch ein „Meine Nase ist übrigens gebrochen!!!!!" darunter.
Zara greift sich instinktiv auf die eigene Nase.
„Tut es weh?", fragt sie.
„Nicht so schlimm", antwortet Sam. Mittlerweile klappt das Ärzte-Lächeln schon ziemlich gut, auch wenn es wahrscheinlich nicht bis zu Zara reicht. Die starrt ihn an und er weiß nicht, was er schreiben soll. Es tut ihm leid, dass sie seinetwegen jetzt auch so ein Durcheinander hat, aber sie ist auch wirklich selber schuld. Wie blöd kann man sein? Er hat den Eindruck, als würde sie darauf warten, dass er jetzt den goldenen Tipp für sie hat und alles wieder in Ordnung zaubert, aber das kann er nicht. Das ist ihr Schlamassel. Sie starrt ihn weiterhin an, die Schultern circa auf Bauchnabelhöhe, und Sam ärgert sich über sich selbst, aber er muss irgendetwas tun.
„Warte kurz!", hält er gegen die Scheibe und setzt sich an seinen Schreibtisch.
Als er sich wieder zum Fenster dreht, steht sie immer noch unverändert da.

„Liebe Zara“ liest sie.
„Deine Aufgabe für morgen:
1) Entschuldige dich bei deiner besten Freundin!
2) Die Liebe deines Lebens ist ganz sicher nicht dein Antipode. Sag ihm, dass du dich da vertan hast.
3) Tu dir nicht weh und werd nicht krank in der Schule!!!“

Zaras Mundwinkel wandern nach oben und gleichzeitig spürt sie, wie die Tränen wieder anklopfen. Nach draußen wollen, wenn sie an morgen denkt.
„Alles nicht so einfach“, schreibt sie.
Und dann muss Sam kurz warten, bevor sie ihm Geständnis nach Geständnis ins Fenster hält und ihm erzählt, was genau passiert ist. Nur den Schularzt lässt sie aus, der ist ihr zu peinlich.
„Aber ich geb mein Bestes morgen!!!“, hängt sie noch hintendran und bemüht sich zu lächeln.
Mittlerweile ist es fast schon zu dunkel draußen, um die Zettel gut lesen zu können.
„Viel Glück“, schreibt Sam. „Ich drück dir die Daumen!“
Und dann schauen sie einander an und Zara fühlt sich so, als ob man telefoniert und niemand als Erstes auflegen will. Nur mit Handys, denen gleich die Akkus ausgehen und keiner Möglichkeit sie wieder aufzuladen.
„Gute Nacht“, schreibt sie.
„Gute Nacht“, schreibt Sam.
„Schlaf gut!“
„Du auch!“
„Gute Besserung deiner Nase!“
„Danke“
„Und danke!“
„Tschau!“
Kaum mehr zu entziffern. Zara kneift die Augen zusammen, aber

sie ist nicht sicher, ob Sam ihre Nachricht davor überhaupt noch lesen hat können.
„Tschüss“, schreibt sie noch.
Sie winken verlegen, bis Sam den Vorhang zuzieht. Zara steht noch eine Weile am Fenster und ihre Gedanken schwirren. Dann schreibt sie den traurigsten Rekord der Welt in ihr grünes Buch.

Sam

Den Kopf in den Händen vergraben geht nicht, weil die Nase zu weh tut. Sam legt sich stattdessen auf den Rücken. Tante Ulli schleckt ihn ab, und er lässt sie einfach machen. Seine Hände liegen schlapp neben ihm. Wenn er ein Superheld wäre, könnte er mit seiner Superheldenkraft Dinge zu Staub zerfallen lassen. Alles, was er berührt, wird kaputt. Eigentlich hat er der vereinsamten Zara nur geschrieben, weil sie ihm leid tat und er helfen wollte, und jetzt hat sie seinetwegen lauter neue Probleme am Hals. Und natürlich ist sie selbst schuld, aber was hat er erwartet? Dass er, der große Experte, was ein glückliches Leben betrifft, anderen Menschen helfen kann? Vielleicht explodiert auch bald Paulas Handy, weil beim Runterfallen nicht nur das Display kaputtgegangen ist, und er ist schuld. Ohne ihn hätte sie wahrscheinlich einfach ein Neues bekommen. Sam muss aufpassen. Er ist ansteckend. Er muss sich eine neue Strategie ausdenken.

Zara

So blöd so blöd so blöd. Zara rennt von der Bushaltestelle zum Haus, die Stiegen hinauf, hinein in die Wohnung. Die Tür fällt mit einem Knall ins Schloss.
„Wie kann man nur so blöd sein?“, ruft sie und rennt weiter in Richtung Zimmer.
„Wer?“, ruft ihre Mutter hinterher.

„Ich!“, schreit Zara und wirft die nächste Tür hinter sich zu. Hinüber zum Fenster. Sam hat immer noch die Vorhänge zugezogen. Mist.
Zara geht zurück in die Küche. Räumt die Spülmaschine aus. Es gibt ein griechisches Lokal, in dem man extra Geschirr bestellen kann zum An-die-Wand-Werfen. Das würde sie jetzt gerne machen.
„Welchen Teller kannst du am ehesten entbehren?“, fragt sie und ihre Mutter braucht einen Moment, aber erkennt dann schnell den Ernst der Lage.
„Magst du reden?“, versucht sie vorsichtig.
„Schau ich so aus?“, schnappt Zara.
Ihre Mutter gibt ihr wortlos einen weißen Teller, von dem schon eine kleine Ecke fehlt. Zara nimmt ihn und stellt sich vor die leere Wand neben dem Esstisch. Wie beim Schlagball. Schritt, Schritt, Wechselschritt und ausholen.
Der Teller ist immer noch fest in ihrer Hand.
Sie probiert es ohne Anlauf. Streckt den Arm nach hinten. Bringt ihn in hohem Bogen nach vorne. Und lässt ihn wieder sinken.
„Nicht einmal das kann ich“, schnaubt Zara und will den Teller zurück in den Schrank legen, aber ihre Mutter kommt ihr zuvor und greift nach einer Tasse, auf der in großen, roten Buchstaben „Ich hab nicht mehr alle Tassen im Schrank“ steht. Dann stellt sie sich mit so einem wilden Blick neben Zara, dass die fast ein wenig Angst bekommt.
„Du musst das nicht machen, Mama!“
Aber ihre Mutter ist so entschlossen, als ob es ums Mülltrennen ginge.
„Ich glaub, das passt ganz gut!“, sagt sie und schließt die Augen, aber nur kurz. Dann holt sie aus und wirft die Tasse mit voller Wucht gegen die Wand.
„Wow“, sagt Zara.
„Wow“, sagt ihre Mutter. Und ein paar Sekunden später fliegt

auch der Teller wie eine Frisbeescheibe durch die Luft, zerspringt in vier Stücke und landet mit lautem Klirren auf dem Boden.
Fast synchron beginnen die beiden zu lachen und es wird immer mehr, bis sie sich hinsetzen müssen, weil ihnen der Bauch wehtut. Zara schaut auf das Scherbenmeer zu ihren Füßen.
„Das bringt Glück, oder?“
„Ja“, antwortet ihre Mutter. Immer noch nach Luft schnappend.
„Das war eine einmalige Aktion, oder?“
„Ja.“
„Ich habs befürchtet.“
„Besser?“
„Besser! Nur noch neunzig Prozent blöd.“
„Also ich find dich meistens nur fünfzehn Prozent blöd“, meint ihre Mutter und grinst halb ernst, halb neckend. Zara hätte gern, dass das denselben Effekt auf sie hätte, als wenn das zum Beispiel der Josef sagen würde, aber so läuft es nicht. Mütter müssen ihre Kinder immer unter fünfzig Prozent blöd finden, und selbst, wenn der Wert manchmal kurz höher ist, dürfen sie es nie und nimmer zugeben. Nicht einmal sich selbst gegenüber. Deshalb zieht das nicht so, was Zara daran erinnert, warum es überhaupt dazu gekommen ist, dass sie jetzt in einem Scherbenhaufen sitzen.
„Ich geh wieder in mein Zimmer, in Ordnung?“, sagt Zara und lässt ihre Mutter allein in der Küche zurück.

Der Vorhang drüben ist immer noch zu und Zara hat Angst, dass es finster wird, bevor Sam Zeit für sie hat. Wie kann sie auch nur so dumm sein? Sie hat Kontakt mit ihm aufgenommen, weil sie ihm helfen wollte und dann ging es plötzlich nur mehr um sie und ihre Probleme, die überhaupt nur aus ihrer eigenen freiwilligen Blödheit entstanden sind, und Sam hat eine gänzlich unfreiwillig gebrochene Nase, die sie total ignoriert hat. Schlimmer noch, sie war plötzlich neidisch auf ihn und sein aufregendes Leben, was überhaupt keinen Sinn ergibt, jetzt wo sie darüber nachdenkt. Eine kaputte Nase ist nichts, worauf man neidisch sein sollte. Lektion gelernt. Auch wenn ihr Leben immer noch ein Durcheinander ist, muss sie sich wieder mehr auf seines konzentrieren. Nicht abdriften. Das lernt man in allen Filmen. Wenn man durch etwas den Fokus auf seine Mission verliert und sich ablenken lässt, holt einen das irgendwann wieder ein und alles geht schief. Deswegen will Zara nur ganz kurz erzählen, dass es mit Miriam wieder in Ordnung ist, dass der falsche Antipode nicht in der Schule war und dass sie sich zum Glück doch relativ gesund fühlt, also er sich ihretwegen keine Gedanken machen muss, und dann soll Sam erzählen, was genau bei ihm passiert ist, und sie wird versuchen zu helfen und ihm eine To-do-Liste schreiben und alles wird besser werden. Er muss nur endlich nach Hause kommen. Bis dahin kann sie an einem Schlachtplan arbeiten. Sie setzt sich zu ihren Notizen über Sam und schreibt auf, was sie mittlerweile dazugelernt hat:

Hasst Schwimmunterricht, war bei der Schulärztin, hat eine beste Freundin, die er angelogen hat. Wurde von seinem Antipoden verprügelt, weil er sich mit ihm angelegt hat. Eltern sind neugierig.

Mehr fällt ihr nicht ein. Sie versucht, die einzelnen Punkte zu einem Ganzen zusammenzufügen, aber es klappt nicht. Eine Idee ist blöder als die andere und überhaupt hat sie eigentlich keine Ahnung von Sam. Sie braucht mehr Infos. Zara kennt ein Mädchen von früher, das auf dieselbe Schule geht wie er und schaut alle seine Follower durch. Dann stalkt sie auch noch alle Follower des Kepler-Gymnasiums, aber ohne Erfolg. Niemand mit einem passenden Namen oder einem Profilbild, das Sam auch nur ansatzweise ähnelt. Sie googelt Sam + Kepler-Gymnasium und findet ebenfalls genau nichts. Sie weiß nicht, wonach sie sonst noch suchen könnte. Sherlock würde einfach nach drüben gehen, anklopfen und fragen, was Sache ist. Sie nicht. Sie ist langweilig und sitzt zu Hause. Zaras Blick wandert wieder zu Sams Fenster und ihr Herz rutscht einen halben Meter nach unten. Der Vorhang ist immer noch zugezogen, aber dahinter brennt Licht.

Sam

Bauch einziehen. Luft anhalten. Arme anspannen. Sam presst die Lippen aufeinander und dreht sich zur Seite. Er fragt sich, ob es irgendeine Person auf der Welt gibt, die wirklich ausnahmslos zufrieden ist, wenn sie nackt vor dem Spiegel steht. Deren Augen nicht sofort zu den unglücklichen Stellen wandern. Er selbst hat eine ganze Liste. Mindestens fünf Körperteile zum Wegwerfen für jeden, den er gerne behalten würde. Er findet sich zu schlaksig, seine Hüfte macht seltsame Sachen, seine Nase ist ein Witz, die Haare sind Federn und die Füße zu klein. Seine Zehen mag er dafür. Zumindest die kleinen. Die sind gut proportioniert. Sam seufzt die Luft aus und lässt seine Schultern wieder sinken. Manchmal hat er das Gefühl, als wäre er zu groß für seinen Körper. So, als müsste er sich innerlich total zusammenkauern, um irgendwie Platz zu haben. Als hätte er immer noch dasselbe T-Shirt an wie mit drei Jahren. Alles viel zu eng, ihm fehlt die Luft zum Atmen. Aber dann fühlt es sich wieder genau umgekehrt an. Als wäre ihm sein Körper ein paar Nummern zu groß. Sodass er ihn unmöglich komplett ausfüllen kann, und er denkt sich, man muss doch sehen können, dass in den Händen gar nichts mehr drin ist von ihm. Dass er versucht, sich irgendwo im Brustbereich festzuklammern, um nicht bei jeder Bewegung von den Seiten abzuprallen wie eine Flipperkugel.

Die Schulärztin meinte, das wäre total okay. In der Pubertät verändern sich Körper manchmal schneller, als das Hirn mit dem

Verarbeiten mitkommt und dann braucht man Zeit, um sich an sein neues Äußeres zu gewöhnen. Und dass er noch jung sei und sich da auch noch viel tun könne. Aber bevor er zu unglücklich werde, solle er auf jeden Fall noch einmal kommen. Zu großer Leidensdruck würde einen kaputt machen. Sam weiß nicht, ab wann man zu unglücklich ist. Er stellt sich vor, dass alle Menschen ihren Gemütszustand wie einen Schweif hinter sich her ziehen und man immer genau erkennen kann, wie es den anderen geht. Das wäre viel einfacher. Kein blöder Small Talk mehr und dafür ein empirisches Messsystem. Brustumfang dreiundneunzig Zentimeter. Unglück circa hundertfünfzig Meter. Von seinem Zimmer bis zum unteren Ende der Fischergasse. Dann gäbe es – wie für Kleidergrößen – eine Tabelle und die Schulärztin könnte ganz einfach ablesen, wo sich Sam befindet und ob einen das schon zu kaputt macht oder er ruhig noch ein wenig warten kann.

Warten ist insofern blöd, als er lieber nicht mehr in den Schwimmunterricht gehen möchte, aber dafür reicht nicht, dass er sich nicht wohlfühlt, da braucht die Schulärztin schon ein bisschen mehr. Sonst könne ja jeder kommen und sagen: „Vom Englischunterricht werde ich so unglücklich, könnte ich bitte freigestellt werden." Und dann hatte sie gelacht, so als hätte sie einen richtig guten Scherz gemacht und Sam angesehen wie einen Verbündeten, der sicherlich auch erkennt, wie absurd das nicht wäre. Sam findet immer noch, dass der Vergleich hinkt. Wenn seine Englischlehrerin sagen würde: „So, ab heute bitte alle nur mehr in Unterwäsche kommen", wäre das ein Skandal, der ganz sicher in den Nachrichten wäre, inklusive Shitstorm. Es würde unzählige fassungslose Kommentare geben, empörte Eltern würden ihre Kinder nicht mehr in die Schule lassen und die Englischfrau müsste sich einen neuen Beruf suchen.

„Das zeigt doch bitte ganz klar, was für eine Zumutung der Schwimmunterricht für pubertierende Körper ist", denkt sich

Sam, aber davon hat er natürlich nichts zur Schulärztin gesagt, sondern sie nur böse angeschaut und entschuldigendes Schulterzucken dafür geerntet.
Sam zieht sich Pullover und Boxershorts an und geht zu seinen Eltern in die Wohnküche.
„Nennt mir einen guten Grund, wieso ich weiter zum Schwimmen gehen soll!"
Sein Vater schneidet Zwiebeln und seine Mutter fährt mit dem Finger ein Rezept auf ihrem Handydisplay nach. „Zweihundertfünfzig Gramm grüne Bohnen", sagt sie und dann: „Damit du nicht ertrinkst! Wir brauchen dich noch."
„Ich kann schwimmen, seit ich fünf bin."
„Ist doch lustiger, als in der Schule zu hocken. Die Bohnen waschen und schneiden. Du warst so eine Wasserrate."
Ein Teil von Sam würde seinen Eltern gerne erzählen, wie es ihm geht, und ein noch kleinerer Teil glaubt, dass sie ihn sogar verstehen würden, aber er weiß nicht, wie das in der Realität funktionieren soll. Er hätte gerne ein Skript, das sie alle auswendig lernen, und wenn seine Eltern eine falsche Antwort geben würden, könnte er sagen: „Aha, lieber Gustav, so steht das aber nicht hier im Text." Und wenn er selbst unsicher wäre, dann gäbe es eine Souffleuse, die ihm die richtigen Wörter zuflüsterte, sodass es plötzlich Sinn machte, auch wenn in seinem Kopf alles durcheinander ist. Aber es gibt kein Skript und auch keine Souffleuse. Weil das Leben aufregend und unberechenbar ist, und Sam findet es zum Kotzen. Er hat keine Ahnung, was er sagen soll. Er weiß nur, dass das Leid ziemlich drückt und sich etwas ändern muss. Im Radio läuft jetzt Help von den Beatles.
„Mir gehts in letzter Zeit nicht so gut", sagt Sam viel zu leise, und seine Mutter fragt: „Was? Als Nächstes brauchen wir drei Zehen Knoblauch."
Noch einmal schafft er es nicht. „Tante Ulli gehts nicht so gut", sagt Sam ein wenig lauter und macht sich eine innerliche Notiz,

dass er eine neue Notlüge braucht.
„Was?“, fragt sein Papa und schaut besorgt zum Boden, wo Tante Ulli liegt und hechelt.
„Sie hat vorher ins Bad gekackt.“
„Oje, die Arme. Dann kriegt sie heute nichts mehr.“
Nächste Notiz, später Hundefutter ins Zimmer schmuggeln.
„Unsere arme Tante“, sagt auch seine Mutter. Sam fragt sich, wie sie reagieren würden, wenn er sich auch hechelnd auf den Boden legen würde.
„Essen ist gleich fertig übrigens.“
„Ich hab mir nach der Schule Pizza geholt“, sagt Sam und geht wieder in sein Zimmer.
„Gehts dir gut, Sam?“, ruft ihm seine Mutter noch nach, aber er ignoriert sie einfach und es kommt auch nichts mehr.

Zara

Miriam weiß mittlerweile alles. Also fast alles. Sie glaubt, dass Sam irgendein blöder Typ aus dem Internet ist, der seltsame Challenges online stellt, und weil Zara sich irgendwie langweilig gefühlt hat, wollte sie das einmal ausprobieren. Miriam weiß also in Wirklichkeit sehr wenig, aber Zara hat es immer noch nicht über sich gebracht, ihr Geheimnis mit Sam komplett zu verraten. Dazu fühlt es sich zu unsicher an. So, als könnte er sich dann in Luft auflösen. Wie einfach plötzlich die Lügen kommen.
„Sorry nochmal wegen dem Josef!“
„Kein Ding. Ich bin, glaub ich, selbst schuld.“
„Ich hab mich nur so gefreut ...“
„Ich weiß, Mira.“
„Und ich habs ehrlich nur der Filiz erzählt.“
„Ist okay.“
Zara ist immer noch sauer wegen der Josef-Sache, aber gleichzeitig auch ein bisschen erleichtert. Eigentlich die optimale Streit-

situation, wenn beide Seiten etwas verbockt haben. Dann muss sie selbst nicht so ein schlechtes Gewissen haben.
„Aber ich wills wieder gut machen! Deswegen ruf ich an!"
„Okay?"
„Ich hab die Adresse vom Josef!"
„Okee?"
„Und ich hab gedacht, du könntest einen Krankenbesuch bei ihm machen. Weil er gestern nicht in der Schule war. Und ihr ja heute euer Fake Date gehabt hättet. Also, ihr könntet ein richtiges draus machen, mein ich."
Selbst jemand, der Miriam nicht zur besten Freundin hat, würde an ihrer Stimme sofort erkennen, dass sie selbst nicht ganz überzeugt ist von der Idee. Dass sie beide wissen, was für ein dünner, brüchiger Strohhalm das ist, der definitiv nicht vor dem Ertrinken rettet. Dass es sein kann, dass Zara nach der Aktion ganz dringend die Schule wechseln müsste. Und Miriam eine neue Sitznachbarin braucht.
„Okay, ich machs!"
„Ernsthaft?"
Zara überlegt, was Sam zu der Aktion sagen würde. Wahrscheinlich würde er sich mit beiden Fingern gleichzeitig gegen die Stirn tippen und ein Flipchart holen, für den Vogel, den sie hat. Aber sie hat nichts zu verlieren. In ihrem Zimmer sitzen und nachdenken, macht überhaupt nichts besser, und dem Josef muss sie so oder so wieder unter die Augen treten. Spätestens am Montag. Da ist es ihr lieber, sie bringt es hinter sich, wenn nicht die ganze Klasse zusieht.
„Fix! Ich will nicht mehr langweilig sein, erinnerst du dich?"
„Cool!", sagt Miriam und klingt so erstaunt wie Zara sich fühlt.

Josef wohnt am Stadtrand in einem Reihenhaus und Zara hofft inständig, dass er selbst die Tür öffnet und nicht seine Eltern, oder schlimmer noch, einer seiner Brüder. In einer Hand zwei

Pizzaschachteln, die andere Hand über der Klingel schwebend, steht sie jetzt schon seit Minuten da und wartet auf genug Mut. Sie hat Angst, dass ihr Herz nach draußen springt, sobald sie den Mund aufmacht. Vielleicht ist auch gar niemand zu Hause. Oder alle bis auf den Josef. Vielleicht ist der Josef im Krankenhaus. Und die anderen sind bei ihm. Ob man da Pizza mitbringen darf? Zara zählt im Kopf bis drei und klingelt. Dann will sie sich umdrehen und so schnell weglaufen, wie sie nur kann. Das wird DIE Schlagzeile werden am nächsten Tag. Neuer Geschwindigkeitsrekord. Feiges Mädchen ist unabsichtlich schneller als Usain Bolt. Sie schließt die Augen und versucht, sich auf ihren Atem zu konzentrieren. Fünf Sekunden ein. Fünf Sekunden aus.

Die Tür geht auf.

„Zara?“

Gott sei Dank. Die Stimme vom Josef. Vorsichtig öffnet sie die Augen.

Josef schaut sie ungläubig an, und weil Zara nicht weiß, was sie sagen soll, drückt sie ihm die Pizzaschachteln in die Hand.

„Einmal Salami und einmal Gemüse. Ich hab nicht gewusst, was du magst.“

„Mhm.“ Langgezogen und sehr skeptisch.

„Wie gehts dir?“

„Gut?“

„Weil du nicht in der Schule warst ...“

„Mhm.“

„Was hast du ge...?“

„Was machst du da, Zara?“, unterbricht er sie.

„Ich – es tut mir leid. Das vor zwei Tagen. Ich hab so eine Challenge gemacht, aber ich hab nicht gewusst, was Antipode heißt, weißt du? Auf jeden Fall, das hat nichts mit dir zu tun. Das war blöd von mir. Und dann warst du krank. Deswegen hab ich Pizza mitgebracht. Und wir könnten bei dir einen Film anschauen. Weil wir nicht ins Kino gehen können, wenn du krank bist. Was

wir ja sowieso nicht machen wollten. Also du nicht. Aber ich schon. Ich bin schon wieder blöd. Tut mir leid! Du kannst die Pizza auch ohne mich essen. Und allein einen Film anschauen. Oder gar keinen. Wenn du das blöd findest."
Zara redet so schnell, dass sie sich selbst kaum verstehen kann, nur „blöd" schwebt immer noch in ihrem Kopf. Blöd blöd blöd. Vorsichtig hebt sie ihren Blick.
„Das Ding ist, Josef, dass ich gern mit dir ins Kino gegangen wäre!"
Josef sagt gefühlte tausendmal Sterben nichts und plötzlich lacht er und sagt: „Alles gut, komm rein!"
Und dann sitzen sie auf der Couch in seinem Zimmer, teilen sich die Pizzen halbe-halbe und schauen sich The Amazing Spider-Man an. Zwischen ihnen sind ziemlich genau siebenundzwanzig Zentimeter. Wenn Zara ihre Hand neben ihr Bein legen würde, wären es vielleicht sogar unter zwanzig. Bis sie sich verabschieden, reden sie kein Wort miteinander und sie brechen nicht einmal den Horror-Rekord von vor zwei Tagen, aber es ist vielleicht trotzdem der schönste Samstagnachmittag in Zaras Leben, weil der Josef sie umarmt, als sie geht, und sie ziemlich sicher länger hält, als notwendig gewesen wäre, und dann sagt er auch noch leise: „Danke, das war seltsam, aber nett."

Sam

Alle Wege führen zu Katzenvideos. Ganz egal, wo Sam startet, irgendwann landet er im felinen Viertel von Youtube. Wenn es nach ihm geht, kann er da ruhig noch eine Weile bleiben. Es müssen gar keine Katzen sein, er nimmt auch gerne Waschbären, Ziegen, ganz egal was, nur Ablenkung. Aus dem Wohnzimmer hört er die Stimmen seiner Eltern. Nicht laut und kraftvoll wie sonst, sondern gedrückt. Leise. Er weiß, dass es um ihn geht, auch wenn er nur einzelne Wortfetzen verstehen kann.

„Pubertät … ganz normal … nicht einmischen …“
„… unser Kind verdammt!“, unterbricht seine Mutter plötzlich viel zu laut. Dann Stille.
Sams Handy vibriert. Er ignoriert Sophias zwölfte Nachricht und klickt auf das nächste Video. Und das nächste. Sie will mit ihm Mathe lernen für die Schularbeit am Montag, und er hat gesagt, ja okay, am Wochenende, aber jetzt, wo das Wochenende da ist, bereut Sam, dass er sich nicht von Anfang an eine Ausrede hat einfallen lassen. Er fühlt sich müde. Außerdem lauern auf der anderen Seite der Wand unzufriedene Eltern, die ein Problem mit ihm haben, was er gut verstehen kann. Er könnte jetzt noch einen Versuch starten, nach drüben gehen und sagen: „Ja bitte, mischt euch ein!“ Es wäre so einfach. Zehn Schritte und fünf Wörter. Gleichzeitig fühlt er sich so, als wäre er am anderen Ende der Welt und hätte nicht genug Kraft für den Weg.
Sein Handy vibriert schon wieder und er sieht die letzte Nachricht von Sophia auf dem Bildschirm.
„Wenn du nicht gleich antwortest, komm ich zu dir!“
Sam öffnet den Chatverlauf, ohne die älteren Nachrichten zu lesen und schreibt „sorry“. Keine fünf Sekunden später läutet sein Telefon. Sophia Sophia Sophia. Ein Foto von vor einem Jahr, mit Blumen in den Haaren und Sam daneben mit Himbeereis, nur dass man ihn nicht sehen kann, weil das Display zu schmal ist. Er starrt darauf, bis es wieder schwarz wird. Dann schreibt er: „Kann grad nicht. Heute wirds nix mehr. Sorry. Vielleicht morgen.“ Und dann noch ein trauriger Smiley. Zur Besänftigung. Dann stellt er das Handy auf Flugmodus und klickt auf das nächste Video.

Zara

Die totale Achterbahnfahrt. Gestern hat sie noch mit Tellern geschmissen, heute tanzt Zara durch ihr Zimmer und fühlt sich um hundert Kilo leichter. Jetzt gehts gerade steil nach oben und sie muss das ausnützen, bevor die nächste Talfahrt kommt. Sie öffnet das Fenster, die Hosentasche voll mit Kieselsteinen, und singt im Kopf: „Schritt, Schritt, Wechselschritt." Alles schon geprobt. Dann wirft sie den ersten Stein nach drüben und verfehlt Sams Fenster, aber nur knapp. Erst jetzt denkt Zara: „Fuck!" und schaut nach unten, ob niemand auf der Straße ist. Sie wirft den nächsten Stein. Und den nächsten. Der fünfte landet auf Sams Fensterscheibe. Es knallt ganz schön, aber nichts passiert. Sie wirft weiter. Der siebte landet auf dem Fenster nebenan, hinter dem Sams Eltern sitzen. Sie duckt sich. Die beiden drehen sich kurz um, setzen dann aber wieder ihre Unterhaltung fort. Zara wirft den nächsten Stein.

Sam

Der zweite Vogel innerhalb von fünf Minuten knallt gegen Sams Fensterscheibe. Mit apokalyptischen Bildern im Kopf zieht er den Vorhang ein kleines Stück zur Seite, und ein dritter Vogel schlägt ein. Sam schreit auf und realisiert im selben Moment, dass das kein Vogel war, sondern etwas anderes Hartes, mit dem die einsame und offensichtlich extrem gestörte Zara von gegenüber nach ihm wirft. „BIST DU VERRÜCKT????", kritzelt er, so schnell er kann, auf ein Blatt Papier.
Zara steht mit Wind in den Haaren da und schüttelt den Kopf. Dann bückt sie sich kurz und streckt ihm einen Zettel entgegen.

„Du kannst nicht einfach so verschwinden!"
„Was?"
„Ich will mit dir reden!"
„Ich brauch Privatsphäre."
„Aber nicht immer."
„Jetzt."

„Wieso?“
„So!“
„ Morgen Nachmittag. Fünfzehn Uhr. Selber Ort!“

Sam denkt sich: „Wo denn sonst?“, und gibt sich geschlagen. „Na gut“, schreibt er. „Bis morgen.“
Dann setzt er sich wieder an den Computer, aber nicht einmal Katzen in Haifischkostümen auf Staubsaugerrobotern können ihn gerade auf andere Gedanken bringen. Er will morgen nicht mit Zara reden. Er kann ihr nicht helfen, so gern er auch würde, und er hat gerade keinen Platz für noch mehr Durcheinander, das muss sie verstehen. Sam denkt sich, das Leben ist ein Koordinatensystem und alle starten bei null, bevor sie sich dann Stück für Stück nach rechts oben vorarbeiten. Manche mit mehr Steigung und manche mit weniger. Manchmal geht man einen Schritt zurück und manchmal stagniert man ein bisschen, aber im Großen und Ganzen bleibt man trotzdem immer im positiven Bereich. Nur Sam hatte von Anfang an einen Vorzeichenfehler vor seiner Gleichung, und es ist zwar nett, dass ab und zu trotzdem Leute kurz seinen Weg kreuzen, aber die haben da eigentlich nichts verloren und müssen schleunigst wieder dorthin, wo sie herkommen, sonst stimmt die ganze Rechnung nicht mehr.

Zara

Der Vorhang gegenüber bleibt auch tagsüber zu, aber Zara hat mit nichts anderem gerechnet. Immer wieder wandert ihr Blick nach drüben, und um zehn vor drei hält sie es nicht mehr aus. Sie schiebt sich einen Sessel unter das Fenster. Ihr fällt ein, wie sie früher im Kasperltheater manchmal wieder gehen musste, noch bevor das Stück begonnen hatte, weil der Raum hinter dem Vorhang in ihrem Kopf immer größer und unberechenbarer wurde, genau wie ihre Angst. Heute muss sie sitzen bleiben. Sie ist ziemlich sicher, dass er gestern Abend wieder geweint hat, auch wenn sie ihn nicht sehen konnte. Er wirkte so, als würde nicht mehr viel fehlen. Als wäre er im Kopf schon woanders. Kurz nach fünfzehn Uhr fällt der Vorhang. Bühne frei für den traurigsten Jungen der Welt, mit den Haaren ganz durcheinander und einem weißen T-Shirt, das ihm viel zu groß ist. Sam schaut müde aus.

Sam

Noch nie hat sich Sam für ein Referat oder eine Schularbeit so gut vorbereitet wie auf sein Trennungsdate mit Zara. Insofern hat er sich ein Beispiel genommen an ihrem Tipp für ein langweiliges Leben. Die Zettel liegen schon neben dem Fenster. Neun Stück, fein säuberlich beschriftet. Alles genau durchdacht. Sie wird vielleicht traurig sein, aber sie wird auch verstehen, wieso er diese Entscheidung getroffen hat. Dass sie wieder aufhören müssen mit den Fenster-Nachrichten, aber dass es nichts mit ihr zu tun hat, nur mit ihm und seiner Superheldenkraft, mit der er alles zu Staub zerfallen lässt, dem er zu nahe kommt. Und dass es ihm leid tut, es aber gerade nicht anders geht. Und zum Schluss wird sie einsehen, dass es besser für sie beide ist.

Zara

„Bullshit", schreibt Zara. „Bullshit, Bullshit, BULLSHIT!"
Sie hat ihm jetzt lange genug zugeschaut, aber wie soll man auch jemanden unterbrechen, wenn die Person einen gar nicht hören kann. Zara hatte schon nach dem ersten Satz genug. Es gibt nichts Schlimmeres als heroische Selbstaufopferungsvorträge. Das ist die egoistischste selbstlose Tat, die man vollbringen kann. Es ist ja wohl ihre eigene Entscheidung, ob Sam gut für sie ist oder nicht.
„Ich kann mich nicht mehr retten, aber geh, und bring du dich

in Sicherheit!“, funktioniert einzig und allein dann, wenn sowieso schon der Hut brennt, im wahrsten Sinne des Wortes, und man damit rechnen kann, dass beide innerhalb der nächsten halben Stunde sterben werden, wenn die eine Person nicht geht. Dann muss sich die Person, die dem Tod noch einmal entkommen kann, nämlich nicht lebenslang mit Schuldgefühlen herumschlagen, sondern kann die andere getrost zurücklassen und sich selbst retten. Ein Aufopferungsvortrag funktioniert nur dann, wenn man in Wirklichkeit selbst gehen will, aber nicht als Arschloch dastehen möchte. Ansonsten ist das blöde Bevormundung. Zara will nicht gehen, Zara will bleiben. Und sie ist ziemlich sicher, dass weder Sam noch sie in der nächsten halben Stunde sterben werden.

„Bullshit“, hält sie ihm noch einmal ins Fenster.

Dann gibt sie ihm einen Schnelldurchlauf der letzten beiden Tage und sagt Danke und dass er ihr offensichtlich sehr wohl geholfen habe, er solle nicht so blöd tun. Und dass jetzt sie mit Helfen dran sei. Keine Widerrede.

„Also, schieß los! Einmal Update von deinem Durcheinander, bitte!“

Sam schüttelt den Kopf.

„Doch Sam!“ Zara fühlt sich so entschlossen wie noch nie. Man kann sich nicht einmischen und plötzlich wieder ausmischen und so tun, als sei nichts gewesen. Sie will wissen, was los ist, und sie muss das jetzt wieder geradebiegen, sonst hat sie es auf ewig verbockt und muss wahrscheinlich ausziehen oder zumindest mit ihrer Mutter das Zimmer tauschen. Aber Sam steht da, als würde er auf die Zahnärztin warten und macht keine Anstalten, irgendetwas zu verraten.

„Wenn man auf den Mount Everest will, geht man nie allein! Impossible!“, versucht es Zara.

„Das ist lieb gemeint, aber lass es!“

Zara meint es überhaupt nicht lieb, sie meint es ernst. Und ihr gehen die Ideen aus, so hat sie sich das nicht vorgestellt. Zum ersten Mal, seit sie Kontakt zu Sam hat, hasst sie die physische Distanz, die zwischen ihnen liegt. Wenn sie jetzt drüben bei ihm in seinem Zimmer wäre, sähe die Situation ganz anders aus, aber so bekommt sie immer größere Angst, dass er einfach den Vorhang zuzieht und sie aussperrt. Blockiert. Und sie könnte nichts dagegen tun.

Sie stemmt die Hände in die Hüften und starrt nach drüben. Sam starrt zurück.

„Wer als Erstes lacht“, schreibt Zara, und wie durch ein Wunder wandern Sams Mundwinkel nach oben. Das schaut ja schon besser aus.

„Gib mir noch eine Chance!“

„Wie?“

„Zum Beispiel
indem ich dir sag,
dass du mit deiner Superheldenkraft
deinen Antipoden berühren sollst.
Puff.
Weg.“

Sam muss lachen und beginnt zu schreiben, aber Zara hat sich zu früh gefreut. Er ist allen Ernstes dreist genug und traut sich zu fragen, was genau bei ihr und dem Schularzt passiert ist. Nicht fair. Beste Verteidigung und so. Wenn sie ihm das jetzt nicht erzählt, wird er es gegen sie verwenden und selbst erst recht nicht mit der Sprache herausrücken. Und dann ist sie schuld und er aus dem Schneider.

„Versprochen, dass du dann auch erzählst?“

Zögerliches Nicken von der anderen Seite. Zaras Wangen beginnen schon wieder zu leuchten, aber jetzt heißt es Augen zu und durch.

„Ich hab so getan, als hätt ich meine Tage.
Dabei hab ich die noch gar nicht.

Anscheinend Lieblingsthema vom Schularzt getroffen.
Detailliertester Vortrag.
Extrem peinlich.
Sei froh, dass dir das erspart bleibt!"
Zara hofft, dass die Geschichte kurz und schmerzlos vorüberziehen kann und sie jetzt endlich zum Punkt kommen. Der Demler hat ja eh recht, dass das total normal ist und so, aber das heißt nicht gleich, dass sie mit irgendeinem Jungen über etwas so Intimes reden will, bei dem sie sich selbst ja noch gar nicht wirklich auskennt.
Sam schaut ganz komisch, ein bisschen wie ein Schaf, und dann plötzlich beginnt er zu grinsen. Zara rechnet schon damit, gleich aufgezogen zu werden, aber es kommt kein blöder Spruch, sondern: „Das braucht dir nicht peinlich sein!", und dann endlich endlich endlich stellt er keine fiesen Fragen, sondern löst sein Versprechen ein. Zumindest ein bisschen. Er erzählt ihr von seiner besten Freundin Sophia, die er schon seit dem Kindergarten kennt und die vielleicht überhaupt gar keine Freundin mehr ist, weil er einen Vorzeichenfehler vor seiner Gleichung hat und in eine andere Richtung rast. Und dass er wirklich wirklich wirklich nicht zum Schwimmunterricht gehen mag und mit seinen Eltern reden will, aber nicht mehr kann. Vielleicht ebenfalls wegen dem Vorzeichenfehler. Zara hat das Gefühl, dass er immer noch um den heißen Brei herumredet. Sie hat keine Ahnung, was eigentlich los ist. Aber sie weiß, dass man sich manchmal erst daran gewöhnen muss, über bestimmte Dinge mit jemand anderem zu reden. Also hat sie Geduld. Und Stück für Stück werden sie der Sache schon näher kommen.

„Task #1:", schreibt sie Sam.

„Sophia!"

Sam

Ein Auto nach dem anderen verschwindet unter der Autobahnbrücke und taucht ein paar Sekunden später dahinter wieder auf. Die meisten haben mittlerweile Scheinwerfer an und Sam wäre auch gern auf dem Nachhauseweg. Er fragt sich, ob es vielleicht noch früh genug ist, um einen Rückzieher zu machen. Noch mehr fragt er sich, wie er es wieder einmal geschafft hat, sich in diese Situation hineinzumanövrieren. Und wie viel das alles mit Mut zu tun hat. Er hebt den Kopf, aber seine Augen bleiben an seinen Fingern hängen. Viel zu dünn auf dem kalten Metallgeländer, den Pulli bis über die Handgelenke gezogen. Die Knöchel rechts sind immer noch leicht gerötet von dem Schlag, den er Christopher verpasst hat. Wie aus Trotz lacht der gerade neben ihm, und dann lacht seine Gang und ganz drüben, am weitesten entfernt, lacht Sophia. Sam denkt, dass das wahrscheinlich ziemlich wenig mit Mut zu tun hat. Eher mit einem Vogel Strauß. Und Zara. Zara.

Angefangen hat alles eigentlich relativ harmlos. Wie ein stinknormaler Montag, mit einer kleinen Ausnahme: Sam geht in die Schule und sieht, dass der Platz neben seinem leer ist, was an sich noch nicht besorgniserregend wäre, wenn Sophia nicht zwei Reihen weiter vorne, neben Marie-Louise, sitzen würde, was sie zwar manchmal macht, aber nicht mit ihrer Federschachtel und ihren Schulbüchern auf dem Tisch. Marie-Louise sagt etwas, das Sam nicht versteht, und Sophia lacht viel zu laut, viel lauter, als sie lacht, wenn sie neben ihm sitzt. Sam geht zu seinem Platz und denkt sich, man muss vorsichtig sein mit dem, was man sich wünscht. Er weiß, dass er wieder einmal Blödsinn gebaut hat. Sein Handy ist immer noch im Flugmodus und er kann sich in etwa vorstellen, was für Nachrichten auf ihn warten, wenn er ihn abstellt. Er hat nicht einmal eine gute Entschuldigung parat.

Deswegen sagt er gar nichts und tut vorläufig einmal so, als wäre alles in Ordnung. Und dann ist plötzlich Mathe-Schularbeit, womit Sam überhaupt nicht mehr gerechnet hat, aber Mathe-Schularbeiten sind kalt und herzlos und nehmen natürlich überhaupt keine Rücksicht auf persönliche Krisensituationen, deswegen schreibt Sam unter sehr vielen „Fucks“ einen Haufen Zahlen in sein Heft, die mit ziemlicher Sicherheit falsch sind. Man könnte meinen, dass eh gar nicht so viel schiefgehen kann, nachdem es nur zehn mögliche Ziffern gibt, die man irgendwie aneinanderreihen muss, aber dann fällt Sam ein, wie groß die Chance ist, dass man im Lotto gewinnt und dass man noch lange keinen Shakespeare hat, wenn man einfach alle sechsundzwanzig Buchstaben in einen Topf wirft. Selbst, wenn er sich die genaue Wahrscheinlichkeit ausrechnen könnte, wäre er immer noch Lichtjahre von einer positiven Note entfernt. Er schreibt: „Es tut mir leid!“, auf den Angabenzettel und denkt sich, dass der Satz eigentlich Sophia gehört, die zwei Reihen vor ihm sitzt und sicher mehr richtige Antworten hat als er.
Das alles machte ihn schon traurig, aber nicht so sehr, wie es vielleicht sollte, weil er im Kopf immer noch bei gestern war und bei dem Gespräch mit Zara, was sich ziemlich gut anfühlte. Nie und nimmer hätte er gedacht, dass er, der größte und dunkelste Antiheld der ganzen Fischergasse, die einsame Zara mitsamt ihrem gigantischen Vogel Strauß im Kopf so richtig in sein Leben lassen würde, aber sie hat ihn tatsächlich herumgekriegt. Auch wenn sie sich der Tragweite dessen, was sie sagte, wahrscheinlich gar nicht bewusst war, ließ sie ihm quasi gar keine andere Wahl, als den Antrag zur Auflösung ihrer Fensterfreundschaft vorläufig wieder zurückzuziehen. Er lässt ihre Worte Revue passieren und kann nicht anders, als wieder dieses aufgeregte Kribbeln in seinem Bauch zu spüren. So müssen sich die Entdecker damals gefühlt haben, als ihnen am offenen Meer ein Vogel entgegen flog. Endlich Land in Sicht.

„Stück für Stück", meinte sie. Stück für Stück muss man sich dem Durcheinander widmen. Und da hat sie natürlich recht, das ist so wie beim Zimmeraufräumen. Wenn man in der Tür steht und das ganze Chaos auf einmal sieht, kann man gar nicht anders, als wie ein Opossum in eine Schockstarre zu verfallen. Aber wenn man mit einer Ecke, also, zum Beispiel, nur einmal mit dem Schreibtisch, anfängt, geht das schon viel eher und dann kann man sich step by step vorarbeiten, bis alles wieder einigermaßen an seinem Platz ist.

Nach der Mathe-Schularbeit ist die gesamte Klasse wie ein aufgeregter Bienenschwarm. Christopher ist in Partystimmung und ruft: „Wer kommt nachher mit auf die A7?" Seine Kumpel jubeln. Marie-Louise ruft: „Wir sind auch dabei!", und Sophia grinst. Mehr unsicher als überzeugt, wie Sam findet, und er sucht ihren Blick, aber sie tuschelt mit Marie-Louise und dreht ihm den Rücken zu. Mist. Seine erste „Ecke" ist nämlich ironischerweise genau Sophia. Er soll Zeit mit ihr verbringen und herausfinden, ob sie noch als beste Freundin taugt, was extrem schlecht geht, wenn sie zwei Reihen vor ihm sitzt und sich bemüht, nicht in seine Richtung zu schauen. Deswegen macht Sam nicht das, was alle anderen vernünftigen Menschen tun würden und hält den Mund, sondern er streckt eine Hand halb in die Höhe, so, als würde er aufzeigen wollen, extrem peinlich, und sagt: „Ich auch?", mit unabsichtlichem Fragezeichen hintendran. Christopher schaut ihn zum ersten Mal seit der Nasensache direkt an, und kurz atmet garantiert kein einziges Lebewesen im Umkreis von hundert Metern. Nicht einmal die Fliege auf dem Fensterbrett, und auch die Tauben draußen hören auf mit ihrem „Gurrugurru". Sam überlegt, was man sich außer der Nase noch alles brechen kann im Gesicht und ob er diesmal zuerst zuschlagen soll, aber dann ruft Christopher: „Treffpunkt Supermarkt, wir brauchen was zum Snacken!" Und deshalb steht Sam jetzt also auch auf dieser blöden Autobahnbrücke, mit einer Packung Eistee im Rucksack und friert sich den Arsch ab.

„Willst du?“, reißt ihn Christopher aus seinen Gedanken, und vor Sams Gesicht glüht das Ende einer Zigarette auf. Sam ist nicht sicher. Eigentlich hat er keinen Bock zu rauchen, aber er hält es für realistisch, dass seine Zukunft von dieser Entscheidung abhängt. Es gibt nämlich drei Möglichkeiten, warum Christopher nichts dagegen hat, dass er mitgekommen ist.

Möglichkeit 1: Er hat in Wirklichkeit ein schlechtes Gewissen wegen der Nase.

Möglichkeit 2: Er ist heimlich beeindruckt und vielleicht sogar ein bisschen dankbar, weil Sam kein großes Ding aus der Nasensache gemacht hat und Christopher nicht einmal zum Nachsitzen musste.

Möglichkeit 3: Er ist heimlich beeindruckt und vielleicht sogar ein bisschen dankbar, weil Sam kein großes Ding aus der Nasensache gemacht hat, sein rechter Haken keine große Bedrohung darstellt und Sam somit ein noch perfekteres Opfer für zukünftige Schikanen ist, weil er sich keine Sorgen um die Konsequenzen machen muss.

Bei den ersten beiden Varianten sollte er auf jeden Fall Ja zur Zigarette sagen, um kein neues böses Blut zwischen ihnen zu säen. Variante drei könnte darin enden, dass Christopher ihm die Zigarette im letzten Moment wieder unter der Nase wegzieht und alle lachen, oder seine Hand als Aschenbecher missbraucht wird oder oder oder. Klassische Zweidrittelmehrheit, aber Sam ist trotzdem nicht ganz überzeugt. Können potenzielle, schwerwiegende Konsequenzen nicht auch Einfluss auf

eine Wahrscheinlichkeit haben? Solche Aufgaben sollten sie in Mathe durchnehmen. Christopher fragt: „Willst du jetzt, oder nicht?“, und klingt dabei so dermaßen desinteressiert, als wäre es die unwichtigste Frage auf der ganzen Welt, aber da ist eine Art Nachdruck, die Sam nervös macht. Deswegen sagt er unsicher: „Ja“, und zieht an der Zigarette. Der Rauch brennt in seinem Hals, aber er hält die Luft an, weil er Angst hat vor dem, was gleich passieren könnte. Das ist nicht die klügste Reaktion, denn er muss sofort husten, und ein stechender Schmerz jagt durch seine immer noch geschwollene Nase. „Danke“, krächzt er und gibt die Zigarette wieder retour. Für einen kurzen Moment berühren sich ihre Finger. Sam denkt sich „Puff“, aber Christopher zerfällt nicht zu Staub, sondern sagt: „Loser“, aber relativ harmlos, und damit ist die Sache gegessen. Wie absurd kann sein Leben sein, dass er anscheinend gerade wirklich eine bessere Gesprächsbasis mit Christopher hat als mit Sophia. Wie auf ein Stichwort hört er sie plötzlich rufen: „Leute, es wird finster. Fangen wir dann endlich an?!“, und die anderen grölen als Antwort. Jemand hat aus dem Kunstunterricht ein paar Flaschen Gouache mitgehen lassen und ist auf die glorreiche Idee gekommen, die Farbe auf die Fahrbahn zu spritzen. Als Mutprobe quasi. Damit die Autos durchfahren und ein riesiges Kunstwerk auf der Straße entsteht.
„Das wird wie ein Picasso, ich schwöre!“
„Deine Mama ist wie ein Picasso!“
„Ihr habt keinen blassen Dunst, wie ein Picasso überhaupt ausschaut.“
„Na, geil halt!“
„Kann man den dann versteigern, um ein paar Millionen?“
„Deine Mama kann man versteigern ...“
So geht das eine Weile, bis Christopher ruft: „Wer als Letzter spritzt, ist eine Pussy!“, und dann schraubt er den Deckel von der roten Gouache und wartet auf eine Lücke im Verkehr.
Sam sieht in seinem Kopf, wie die Farbe knapp vor einem Auto

auf dem Asphalt aufkommt, wie das Auto ins Schlittern kommt und sich dreht, und das Auto dahinter nicht mehr schnell genug bremsen kann, und irgendwann sind zehn Rettungswagen nicht mehr genug. Aber die Farbe segelt durch die Luft wie ein überdimensionaler Regenwurm, landet als überraschend kleiner Klecks auf der Straße, und es passiert genau nichts.
„Wer nicht trifft, ist ein Dildo!“, ruft Marie-Louise, und plötzlich rangeln sich alle um die Farben. Drei Teams werden gebildet, damit alle an die Reihe kommen, jemand übernimmt das Kommando und ruft:
„Lücke kommt,
Flaschen bereit,
abspritzen!“
Sam ist in der dritten Gruppe, und als das nächste Auto perfekt durch seinen blauen Farbklecks fährt und kollektiv gejubelt wird, spürt er für einen kurzen Moment, dass alle ein Herz in der Brust haben, das manchmal zu groß ist und manchmal zu klein. Ein Herz, das manchmal bis in den Hals klopft und manchmal so weh tut, dass man es gerne loswerden möchte. Er sieht, wie all die Menschen in den Autos an einen Ort fahren, den sie Zuhause nennen, obwohl er in den seltensten Fällen ausschaut wie in Schöner Wohnen und nicht immer jemand auf einen wartet, aber es ist das, was man hat und alle, auch der trottelige Christopher, versuchen, das Beste daraus zu machen. Das alles spürt Sam, und als Marie-Louise zu langsam ist und ihre Farbe perfekt konzentrisch auf einem grauen Kombi landet, lacht er mit den anderen mit und vergisst für einen Moment, sich Sorgen zu machen.
Irgendwann wird es zu dunkel, um die Farbe auf der Straße noch gut sehen zu können und die Ersten verlieren die Lust. Sam will gern weitermachen. Es fühlt sich sicher an. Er hat das Gefühl, er kann dazugehören, ohne dass er dazugehört. Aber als nur noch er und zwei aus Christophers Gang am Geländer stehen, wird ihm bewusst, wie flüchtig der Gedanke ist. Die anderen sitzen

in einem Kreis auf der Brücke, Knabberzeug und Getränke in der Mitte. Sophia sitzt auf der Seite gegenüber und, als würde sie spüren, dass Sam sie beobachtet, beginnt sie plötzlich, Marco neben ihr abzuschmusen.
Sam schaut ihr noch einen Moment lang zu, dann dreht er sich um und geht, ohne dass es jemand merkt.

Zara

„Guten Morgen, Josef."
„Morgen."
Zara geht, so langsam sie kann, auf ihren Sitzplatz zu und denkt sich: „Bitte bitte bitte", aber Josef bleibt still. Wenn sie ein Hund wäre, würde sie winseln. Sie geht vorbei an seiner Reihe und vorbei an der nächsten. Wie durch Gummi. Wenn sie noch langsamer geht, wird es peinlich. Jetzt ist sie schon näher an ihrem Tisch als an Josef, und die Distanz wird immer kleiner. Keine zwei Meter mehr. Zara spürt, wie sich ihre Anspannung in Enttäuschung verwandelt. Nur nichts anmerken lassen. Es ist ja nicht so, dass sie nicht mehr miteinander reden können, wenn sie schon beide auf ihren Plätzen sitzen. Sonst ist noch niemand da, und ihre Stimmen sind laut genug, um sechs Meter Distanz zu überwinden, selbst wenn Zaras Stimme noch so unsicher und brüchig wird, wenn sie mit dem Josef redet. Aber so genau wie Zara jetzt weiß, dass synchrones Pizzaessen noch überhaupt gar nichts bedeutet, ist sie sich auch hundertprozentig sicher, dass die Chance auf einen weiteren Wortwechsel gleich null ist, sobald ihr Hintern den Sessel berührt. Dann sind sie beide auf privatem Grund und die Überwindung ist zu groß. Nur noch ein Meter. Wie ein Faultier streckt sie ihre Finger nach der Lehne aus und strengt ihre Ohren an, um ja keinen Laut zu verpassen. Der Josef hat auch nicht die kräftigste Stimme. Zaras Zeigefinger berührt als Erstes das abgesplitterte Holz, dann ihr Mittelfinger und ihr

Daumen. Sachte. Sie setzt zu einem Seufzer an und zieht an dem Sessel, da hört sie hinter ihrem Rücken plötzlich ein: „Du, Zara?"

Sam

„Morgen!" Sam bemüht sich zu lächeln, obwohl der Platz neben seinem immer noch leer ist.

Sophia hebt den Kopf und öffnet leicht die Lippen, aber im letzten Moment senkt sie schnell wieder ihren Blick. So, als wäre ihr in dieser Sekunde erst eingefallen, dass sie ja gerade nicht miteinander reden. Sam hat ungefähr dreißig Sekunden, bis er seinen Tisch erreicht, wenn er extra langsam geht. Er lässt seine Augen auf Sophia geheftet und betet im Kopf, dass sie ihm doch noch zumindest ein „Morgen" schenkt. Damit könnte er arbeiten. Dann könnte er stehen bleiben, auf sie warten und sie könnten sich gemeinsam auf ihren traditionellen Fenstertisch setzen, so, als wäre nichts gewesen. Als hätte sie sich einfach in der Reihe geirrt.

„Komm schon, Sophia, komm schon!", denkt sich Sam, aber sie starrt weiterhin penetrant geradeaus auf die Tafel. Er sucht in seinem Bauch nach Mut und nach etwas, das er sagen kann, um das Eis zu brechen.

„Sophia ...", setzt er an und will sie fragen, ob sie gestern gut nach Hause gekommen ist, irgendwas, da geht die Tür auf und Marie-Louise rauscht herein.

„Morgen", ruft sie.

„Morgen!", antwortet Sophia und grinst.

Sam seufzt und geht die letzten paar Schritte zu seinem Platz.

Zara

„Ihr geht ins Kino?!" Miriam schaut Zara ungläubig an.

„Korrekt."

„Du hast einen Vogel!"
„Ich weiß. Einen Strauß."
„Mindestens."
„Nein, ernsthaft."
„Ich glaub dir kein Wort!"
„Doch, bitte, ich schwör dir, ich sag die Wahrheit!"
„So wie letztes Mal ..."
Zara beißt sich auf die Unterlippe. In der Tat hat Miriam alle Gründe der Welt, ihr nicht zu vertrauen.
„Aber warum sollte ich dir zweimal dieselbe Lüge erzählen?"
„Ich weiß nicht, warum du mich überhaupt angelogen hast."
„Na, wegen diesem Internet-Typen."
Die nächste Lüge.
„Wie heißt der denn? Ich möchte mir den mal anschauen."
„Gibt es nicht mehr, den haben sie offline genommen."
Und die nächste. Miriam schaut sie komisch an, und Zara hat das Gefühl, sie ist sauer, aber sie weiß nicht warum. Sie dachte eigentlich, das Thema wäre gegessen.
Miriams Bus kommt und Zara nimmt ihre Hand.
„Das ist nur deinetwegen passiert, das weißt du schon? Ohne dich hätte ich nie den Josef besucht."
Miriam nickt.
„Und es tut mir leid, dass ich dich angelogen habe", fügt Zara noch hinzu und denkt dabei mehr an Sam als an die Sache mit Josef.
„Ist okay", sagt Miriam und lächelt schon wieder ein bisschen mehr.
„Beste?"
„Beste!"
Eine letzte Umarmung zum Abschied, dann ist sie weg.

Bis Zara zu Hause ist, haben die Sorgen wegen Miriam bereits wieder dem Kinodate mit Josef Platz gemacht und das füllt sie jetzt aus bis in die letzte Zelle. Sie knallt die Tür mit ihrer ganzen

positiven Energie ins Schloss und lässt ihren Rucksack auf den Boden krachen. Dann hört sie an den näherkommenden Schritten, dass heute einer der ungefähr sechs unabwendbaren Tage im Jahr ist, an denen sie nicht mit ihrer Mutter zu tun hat, sondern mit Annemarie Pataky. Mist.
„Zara!", hört sie eine ungeduldige Stimme rufen. „Was ist jetzt schon wieder los? Du bist wie diese Büchse der Pandora, ich weiß überhaupt nicht mehr, was mich erwartet, wenn du zur Tür hereinkommst."
Zara schluckt.
„Es ist alles gut, Mama! Das war ein freudiger Türenschmeißer."
„Ich will weder freudige noch traurige noch sonst irgendwelche Schmeißereien haben."
„Ist gut."
„Ist das die Pubertät oder was?"
„Ja, vielleicht."
„Du kannst nicht wegen jeder Kleinigkeit so auszucken. Himmelhoch jauchzend, zu Tode betrübt, ist ein Sprichwort, okay? So wie ‚Nur die Harten kommen in den Garten'. Niemand kommt wirklich in den Garten."
Zara versteht nicht ganz, was ihre Mutter damit meint, aber sie nickt einfach und versucht zu lächeln. Alles andere kann an so einem Tag fatale Folgen haben.
„Du musst dich echt ein bisschen mehr zusammenreißen. Ich brauche Stabilität, Zara!"
„Okay!"
„Ich bin zu locker mit dir."
„Nein, bist du nicht."
„Tut mir leid!"
„Es ist okay!"
Dann dreht Zaras Mutter wieder um und geht in ihr Schlafzimmer, wo sie sich wahrscheinlich auf ihr Bett legt, mit einem Tuch über den Augen, und seltsame Musik anhört. Walgesänge

mit bekifften Stimmen, die versuchen, einen zu entspannen obwohl sie offensichtlich das genaue Gegenteil bewirken. Früher, als Zara noch klein war, und Walmusik zu Hause noch viel öfter notwendig war, musste sie sich manchmal neben ihre Mutter legen und auch zuhören. Und sie weiß bis heute noch genau, wie anstrengend es war, sich nicht zu bewegen. Darauf hat sie überhaupt keine Lust.

Zara holt sich etwas zu essen aus der Küche und geht damit in ihr Zimmer. Gefahrenzonen-Minimierung. Sie weiß jetzt, wie das mit der rosaroten Brille gemeint ist, weil sie sowohl Miriam als auch ihre schlecht gelaunte Mutter schon längst vergessen hat und überall nur Josef sieht. Mit dem sie am Wochenende ins Kino geht, was keine Lüge ist, sondern zu hundert Prozent wahr, großes Ehrenwort. Die dichten, weichen Stacheln des Kaktus auf dem Fensterbrett erinnern sie an seine Haare, und Zara weiß zwar, dass das ziemlich peinlich ist und sie auf keinen Fall Miriam davon erzählen wird, aber sie legt vorsichtig ihre Hand auf den Kaktus und stellt sich vor, das sei der Kopf vom Josef. Dann sieht sie, dass Sam zu Hause ist.

„Hallo", schreibt sie. „Wie läufts mit Task #1?"
Es dauert nicht lange, bis Sam ihre Nachricht entdeckt und selbst zum Papier greift.
„Funkstille"
„Shit"
„Mein rechter Platz ist immer noch frei :("
„Doppelt Shit"
„Alles so anstrengend"
„Das tut mir leid."
Zara überlegt, was sie ihm Aufbauendes schreiben könnte, und fast erzählt sie ihm vom Josef, aber dann fällt ihr ein, dass das so nicht funktioniert und ihn vielleicht nur noch trauriger macht.

Weil wir uns manchmal mit anderen Menschen freuen können, aber manchmal lässt es auch das eigene Unglück noch größer wirken, wenn es jemand anderem besser geht. Was eigentlich total bescheuert ist. Zara denkt, sie will immer, bis sie alt und blind und faltig ist, lieber von den schönen Dingen hören als von den hässlichen. Sie will sich freuen können, wenn es anderen gut geht, auch wenn sie selbst im Sumpf steckt. Sie will gern in einer Welt leben, wo sie von den Dächern brüllen kann, dass sie am Wochenende mit einem echt süßen Jungen ins Kino geht, und alle Menschen sollen sich mit ihr freuen können, und zurückbrüllen, was ihnen heute schon alles für positive Dinge widerfahren sind. Aber so läuft es nicht. Wenn sie Sam das zurufen würde, würde er sie wahrscheinlich endgültig für verrückt erklären. Und die Nachbarn würden sich wegen Lärmbelästigung beschweren. Also bleibt sie still. Zara spürt, wie die Josef-Wirkung nachlässt. Die Brille ist immer noch rosa, aber mehr Pastell als Pink.

„Habt ihr geredet?“, schreibt sie Sam.

„Nicht wirklich“

„?“

„Guten Morgen und so“

Zara muss lachen.

„Das hab ich lang genug ausprobiert.
Das bringt nichts.
Härtere Geschütze!“

Sam nickt.

„Oder du lässt es bleiben.
Und nimmst das als Antwort :(“

Sam schüttelt den Kopf.

„Dann red mit ihr!
Besuch sie zu Hause!
Lauere ihr auf!“

Sam nickt wieder.

„Mach ich morgen.

Gleich nach dem Schwimmen.
Juppie :(:(:("
„Morgen Schwimmen?"
„Jep"
„Dreifach Shit"
„Was soll ich tun?"
Dass Sam sie so direkt um Hilfe fragt, lässt die rosarote Brille noch ein wenig blasser werden. Es sollte sie freuen, aber in dem Moment macht es sie hauptsächlich traurig, auch wenn sie nicht weiß, warum. Außerdem hat sie keine Antwort.
„Mir fällt noch was ein!"
„Zara?"
„Ja?"
„Was ist der Sinn des Lebens?"
Zara denkt nach. Das ist ein schlechter Moment für so eine Frage. Sie dachte bisher, ein Sinn des Lebens sei, möglichst glücklich zu sein. Aber die Sache mit dem Josef verwirrt sie. Ihre Mutter hätte zu hundert Prozent netter reagiert, wenn Zara aus Trauer die Tür zugeworfen hätte und nicht aus Freude. Sinn des Lebens = zu schauen, dass es einem ja nicht zu gut geht, damit man die anderen Menschen nicht verschreckt. Das heitert Sam bestimmt auch nicht auf. Außerdem ist Zara nicht sicher, ob sie das überhaupt glaubt.
„Erdnussbutter", schreibt sie und hält ihren Toast ins Licht. „Ganz klar Erdnussbutter!"
Sam lacht, und wahrscheinlich ist es ein trauriges Lachen, aber es ist besser als nichts.
„Bis morgen, Sam!"
„Bis morgen."

Sam

Die Kapuze bis über die Ohren gezogen, sitzt Sam auf einer der beiden Schaukeln und wartet. Er bereut es, dass er keine Jacke mitgenommen hat. Tante Ulli winselt leise. Sie will nach Hause. Sam versteht sie gut, beschließt aber nach einem Blick auf das Handy, noch ein wenig zu warten. Der Park ist mittlerweile leer, nur noch vereinzelt hasten Personen drüben unter den Laternen vorbei, mit einem unsichtbaren, aber umso wichtigeren Ziel vor Augen. Niemand sonst ist gekommen, um zu bleiben.

Es ist jetzt eine Stunde und sieben Minuten her, seit er versucht hat, Sophia zu erreichen. Sie hat nicht abgehoben, das war klar. Aber Sam hofft, dass sie seine Nachrichten trotz ihres Sturschädels gelesen hat und dass sie noch kommt.

„Ich bin jetzt noch zwanzig Minuten da", schickt er ihr. „Würde mich freuen."

Dann schiebt er Smartphone und Hände zurück in die Hosentaschen und wippt mit der Schaukel leicht vor und zurück. Sophia hat es nicht weit, vielleicht zehn Minuten, und im Rausschleichen ist sie Staatsmeisterin. Wenn sie will, kann sie also noch kommen. Inzwischen ist es so finster, dass er sie erst bemerkt, als sich das Tor zum Spielplatz öffnet. Tante Ulli springt aufgeregt in die Leine, und er lässt sie laufen. Wie eine helle Staubkugel fegt sie über die Erde. Ihr Schwanz so sehr im Propellermodus, dass Sam sich wundert, dass sie nicht abhebt. Sophia schnappt sich das lose Ende der Leine, und ihr helles Lachen klingt bis zu den Schaukeln herüber. Sam muss an das Glockenspiel denken, das sie früher auf der Terrasse hängen hatten. Er beobachtet, wie Sophia auf ihn zugeht. Langsam und kontrolliert, mit Tante Ulli als Wirbelwind rund um ihre Beine. Als sie dann vor ihm stehen bleibt, klingt das, was aus ihrem Mund kommt, überhaupt nicht mehr nach Glockenspiel.

„Komm", sagt sie und geht in Richtung der roten Tunnel. „Hier draußen ist es ja schweinekalt."

Sophia kriecht als Erste hinein. Sam schiebt Tante Ulli hinterher, bevor er sich durch die kreisrunde Öffnung stemmt. Drinnen riecht es nach nassem Sand und Kindergarten. Er zieht die Knie zur Brust und lehnt sich an die Wand. Sophia legt sich auf die Seite, den Kopf zu ihm gedreht. Draußen pfeift der Wind, und Sam fühlt sich unglaublich müde. Es wäre so leicht, einfach sitzen zu bleiben und das ganze Durcheinander draußen zu lassen. Aber er ist nicht alleine hier. Neben ihm liegt Sophia und auch wenn es zu finster ist, um ihren Gesichtsausdruck zu erkennen, weiß er, dass sie wartet. Sam seufzt.

„Es tut mir leid, Sophia! Wie das in letzter Zeit mit uns gelaufen ist. Und dass ich dich versetzt habe. Bei mir ist gerade alles ein bisschen durcheinander."

Sophia starrt weiterhin gerade aus.

„Ich glaub, ich hab Mathe verfleckt", sagt Sam.

Nichts.

„Falls dir das ein bisschen Genugtuung gibt."

Er glaubt schon, Sophia sagt heute gar nichts mehr, da faucht sie plötzlich in die Stille: „Scheiß auf Mathe. Mathe ist mir so was von egal! Ich versteh dich nicht, ich versteh dich einfach nicht."

Jetzt ist Sam dran mit Schweigen.

„Seit Schulbeginn läufst du herum mit deinem XL-Jammerlappengesicht und deinen XL-Klamotten, als wäre das cool. Du schlägst Christopher und kommst dann plötzlich mit auf die A7 ... Alle reden schon über dich! Ich weiß nicht, was genau dein Problem ist, aber es ist mir so dermaßen egal, ob du auf Mädchen oder auf Jungs oder auf Tante Ulli stehst, wenn du nur einfach ein bisschen normal sein könntest."

Sam denkt sich, er wäre nichts lieber als normal, aber er spürt den Kloß im Hals immer größer werden, deswegen sagt er nichts.

„Ich hab dieses ständige Mimimi satt. Glaubst du, dass irgendjemand aus unserer Klasse gerade richtig glücklich ist? Niemand. Niemand ist glücklich. Ich wollte am Sonntag mit dir reden, weil

mein Dad voll am Ausrasten war, nicht wegen Mathe. Scheiß auf Mathe."
„Das tut mir leid!", sagt Sam, und er meint es, aber plötzlich weiß er auch, dass ihm Sophia gerade gar nicht richtig zuhört. Dass es egal ist, was er zu ihr sagt. Dass sie ihm weh tut, weil es in ihr drinnen weh tut.
„Wenn ich mir vorstelle, dass du morgen mit Kapuzenpulli in den Pool springst, würde ich dich am liebsten gar nicht kennen. Manchmal bist du mir echt peinlich!"
Sam hat genug gehört. Er braucht nur mehr eine Antwort, die er schon kennt, aber er will sie trotzdem aus ihrem Mund hören.
„Das heißt, du bleibst wahrscheinlich neben Marie-Louise?"
Kurz zögert Sophia. Sam hört sie seufzen und spürt ein kleines bisschen Hoffnung, aber als sie wieder ansetzt zu reden, ist ihre Stimme gleich entschlossen und hart wie zuvor.
„Ja, fürs Erste bleib ich bei Marie-Louise."

Zara

Zara schleicht zum Zähneputzen ins Bad und bleibt vor dem Zimmer ihrer Mutter stehen. Die Tür ist nur angelehnt, und von drinnen hört man immer noch Walisch und leises Schnarchen. Vorsichtig drückt Zara die Tür ein paar Zentimeter weit auf und schiebt sich durch den Spalt. Sie wäre die geborene Einbrecherin. Unsichtbar, unaufregend, unscheinbar. Triple U. Das ist ihre Superheldinnenkraft. Das muss sie Sam erzählen. Sie fragt sich, was Josef für eine Superheldenkraft hätte, und wie er im Ganzkörperanzug ausschauen würde, und ob er Bauchmuskeln hat. Sie ist ziemlich sicher, dass er keine hat, aber bei der Vorstellung von seinem Bauch wird ihr trotzdem so heiß und kalt gleichzeitig, dass sie lieber schnell an etwas anderes denken muss. Ihre Mutter liegt schräg auf dem Bett. Ein Tuch halb über ihrem Gesicht, der Mund weit offen. Zara schaut sie noch einen Moment lang an und dreht dann den Lautstärkeregler des CD-Players langsam nach unten, bis man nichts mehr hört. Erst dann schaltet sie ihn aus.

Sam

Er hat einen längeren Nachhauseweg als Sophia. Fünfundzwanzig Minuten, wenn er schnell zu Fuß geht. Ziemlich nahe an der Schmerzgrenze, aber immer noch machbar. Dass war seine einzige Bedingung an die neue Wohnung. Gehweite zum Park, damit er sich dort weiterhin mit Sophia treffen kann.
„Seltsam, wie das Leben spielt", hört er die Stimme der Suppenoma im Kopf, und zum ersten Mal versteht er ein wenig besser, was sie damit meinte. Fast muss er lachen bei so viel Ironie, aber dann bleibt es ihm im Hals stecken. Auf dem Gehsteig torkelt ihm eine Gruppe von fünf Typen entgegen. Einer zeigt auf ihn und der Rest grölt.
Im Gegensatz zu allen anderen Jugendlichen, die er kennt, muss Sam sich nicht aus dem Haus schleichen, wenn er nachts schnell noch einmal in den Park gehen möchte. Er muss nur Tante Ulli dabeihaben. Dass Tante Ulli aussieht wie ein verknittertes Lämmchen und vermutlich auch auf Fremde so wirkt, war seinen Eltern und ihm bisher egal, aber gerade jetzt hätte Sam doch lieber einen brauchbareren Hund an seiner Seite. Ihm fallen abwechselnd Berichte aus den Nachrichten und der Selbstverteidigungskurs aus dem letzten Schuljahr ein. Und Zara. Er zieht Luft durch die Nase ein, bis er das Gefühl hat zu platzen, und drückt seine Schultern nach hinten. Außerdem geht er möglichst breitbeinig und bemüht sich, nicht auf den Gehsteig, aber auch niemandem in die Augen zu starren. Einfach stur geradeaus. Wie eine Cowboy-Karikatur stakst er direkt zwischen den Typen durch. Wenn er schon nicht einschüchternd wirkt, finden sie ihn hoffentlich so bescheuert, dass sie vergessen, was sie eigentlich mit ihm machen wollten.

Als er an ihnen vorüber ist, macht er seine Cowboy-Schritte noch bis um die nächste Ecke. Erst dann klemmt er sich Tante Ulli unter den Arm und beginnt zu laufen.
Sam denkt sich, er will nie, unter keinen Umständen, ein Mädchen sein.

Zara

Als ihr Wecker läutet, liegt Zara bereits seit fünfundzwanzig Minuten wach im Bett und ist sich dreier Dinge bewusst geworden.
Erkenntnis 1: Sam muss heute nicht in den Schwimmunterricht.
Erkenntnis 2: Damit sie ihm das sagen kann, wird sie eine Null in ihrem grünen Buch in Kauf nehmen, was okay ist, weil sie ein Kinodate hat.
Erkenntnis 3: Ein Kinodate mit dem Josef ist definitiv etwas, das sie stolz von den Dächern rufen kann und das will sie auch tun. Zara möchte lieber in einer Welt leben, in der sich jeder bemüht, dass alle gleichzeitig ins Ziel kommen oder sich zumindest abwechseln. Was bringt ihr sonst ein positives Erlebnis, wenn sie sich nicht darüber freuen kann, weil sie es verheimlichen muss? Zara ist überzeugt, dass in Wirklichkeit alle lieber über ihr Date hören möchten, als über die ganzen Dinge, die schieflaufen. Das wird sie heute testen.
Sie hat also noch einiges vor.

Sam

Aus der Bushaltestelle auf der anderen Straßenseite löst sich eine Gestalt, und Sam realisiert mit Schrecken zwei Dinge zur gleichen Zeit. Nämlich, dass die Gestalt Zara ist, und dass er sie schon einmal an genau demselben Ort gesehen hat. Vor ein paar Wochen, als sie ihn anstarrte, als wäre er vom Mond, was plötzlich eine ganz andere Bedeutung hat. Seit wann beobachtet sie ihn schon? Während das alles durch seinen Kopf schwirrt, tritt Zara auf die Straße, und Sam braucht einen Moment, um zu kapieren, dass sie auf ihn zugeht. Dann bekommt er Panik. Er hat keine Ahnung, was sie von ihm will, aber unter gar keinen Umständen kann er mit ihr reden. Ausgeschlossen. Er sucht ihren Blick und schüttelt den Kopf. Zara zögert kurz, geht dann aber weiter. Sam hebt abwehrend die Hände und schüttelt noch einmal den Kopf. Stärker. Sie geht trotzdem weiter. Er braucht ganz dringend einen Plan. Einen Meter vor ihm bleibt sie stehen, und Sam fällt auf, wie gut ihre grauen Augen zu der roten Jacke passen, als wäre das in dem Moment auch nur irgendwie relevant. Sie schaut ihn an und lächelt, aber nicht ganz bis zu den Augen. Sam realisiert, dass sie Angst hat. Er hat jetzt schon ein schlechtes Gewissen wegen dem, was noch kommen wird.

„Hallo“, sagt sie, und ihre Stimme klingt viel tiefer und wärmer, als er erwartet hätte. Sein erster Instinkt ist, einfach wegzulaufen, aber er zwingt sich, stehen zu bleiben. Warum kann der blöde Bus nicht kommen? Er gestikuliert wortlos in Richtung der Haltestelle auf der anderen Straßenseite, was mit Garantie extrem bescheuert ausschaut, aber Zara versteht und sagt: „Mein Bus kommt erst in zehn Minuten.“

Sie starren sich an und natürlich wartet Zara darauf, dass er etwas sagt, aber das geht nicht. Nicht jetzt. Nicht nach dem, was er am Wochenende realisiert hat. Sam deutet auf seinen Mund und zeichnet dann mit der Hand einen Strich durch die Luft. Zaras Augen werden groß.

„Bist du …?“

Er schüttelt wieder den Kopf und bedeutet ihr, dass sie gehen soll. Aber so, wie Zara letztens nicht gegangen ist, als er „Schluss machen“ wollte, geht sie auch heute nicht, sondern starrt ihn stur an.

„Ich wollte dir nur sagen, dass du nicht zum Schwimmen musst heute.“

Sam ist so verblüfft, dass ihm aus Versehen fast: „Was?“, heraus-

rutscht, aber er fängt sich gerade noch und zuckt dann stattdessen übertrieben mit den Schultern.
„Weil du eine gebrochene Nase hast. Damit darf man doch nicht schwimmen gehen."
Sie hat recht. Natürlich hat sie recht. Dafür hätte sie eigentlich eine Umarmung verdient, aber das geht auch nicht. Sam nickt und versucht zu lächeln. Er ist nicht sicher, wie viel davon ankommt, weil sich sein Kopf immer noch anfühlt wie eine Waschmaschine. Ein paar Sekunden stehen sie noch so da, und dann senkt Zara den Blick und tritt den Rückzug an. Auf ihre Straßenseite. Wo sie hingehört. Sam winkt noch, doch sie sieht ihn nicht mehr.
Erst im Bus wird ihm bewusst, was da gerade passiert ist.
„Fuck fuck fuck", sagt er laut, aber jetzt ist es zu spät.

Zara

Sam ist stumm. Diese Information muss sie erst einmal verdauen. Damit hat sie nicht gerechnet, aber wie auch. Zara überlegt bis zur großen Pause, ob es einen Unterschied macht, und kommt zu dem Entschluss, dass es ihr egal ist.
Er gehört zu dem minimalen Prozentsatz der Weltbevölkerung, der nur stumm, aber nicht taub ist. Sonst würde er nicht mit Kopfhörern herumlaufen. Langsam, aber sicher, wird sie besser. Sherlock Holmes wäre stolz auf sie.
Zara hat keine Ahnung, wie es sich anfühlt, wenn man stumm ist, aber sie ist ziemlich überzeugt, dass es nicht einfach ist, wenn alle anderen ständig quatschen und man nicht antworten kann. Und sie hat ihm auch noch so blöde Tipps gegeben, wie, dass er mit seiner besten Freundin „reden" soll. Jetzt versteht sie natürlich, was er mit „nicht wirklich" gemeint hat. Vielleicht will er deswegen auch so gar nicht zum Schwimmunterricht, weil er da weder Handzeichen geben noch etwas schreiben kann. In Zaras

Gehirn rattert es mit Höchstgeschwindigkeit und nach und nach fällt alles an seinen Platz. Klick klick klick. Natürlich ist Sam deshalb so traurig!

Sam

Paula sitzt jetzt neben ihm. Einfach so. Ohne Erklärung, als wäre sie immer schon da gewesen.
„Was ist los mit euch beiden?“, fragt sie nach einer Weile leise. „Also mit Sophia und dir? Habt ihr Stress?“
„So in etwa“, antwortet Sam. „Ich glaub, ich habs verbockt.“
„Sie wird dir verzeihen, weißt du? Du bist ein Mensch, dem man gut verzeiht“, sagt Paula.
Sam lächelt. „Danke!“
„Du musst nur ehrlich sein!“
Der Stoff ihres Rocks berührt seine Hose, und automatisch denkt Sam: „Puff“, aber nichts passiert.
„Sag mal, Paula, dein Handy macht keine komischen Sachen, oder? Als könnte es explodieren oder so?“
Paula lacht und schüttelt den Kopf.
Es ist gut, dass sie da ist. Sie gibt ihm Kraft, die er dringend nötig hat. Er muss zur Schulärztin gehen. Er muss sich bei Zara entschuldigen. Er muss sich den Liedtext, den sie ihm geschrieben hat, ins Gedächtnis rufen und weiterschwimmen, auch wenn es ihn nach unten zieht.

Zara

Zara kann bei nichts helfen, mit dem sie sich nicht auskennt, deswegen beschließt sie, es für den Rest des Tages auszuprobieren und erst morgen mit ihrem Date anzugeben. Außerdem ist die Josef-Statistik für heute sowieso schon im Keller, da muss sie sich also auch nicht mehr bemühen.

„Ich habe ein Schweigegelübde abgelegt“, schreibt sie auf einen Zettel und schiebt ihn Miriam zu. „Kannst du sagen, dass ich Halsweh hab?“
Miriam hebt skeptisch eine Augenbraue, nickt aber.
„Wieso?????“
„Research.“
Mit der Antwort gibt sich ihre beste Freundin zufrieden, so wie Zara gehofft hat. Miriam will später Wissenschaftlerin werden, da muss man die ganze Zeit Research betreiben und Opfer für den Fortschritt bringen.
„Forschung steht über allem“, sagt sie, und Zara weiß zwar aus den Nachrichten, dass es eine Ethik-Kommission gibt, die aufpasst, dass genau das nicht passiert, aber jetzt kann sie das gerade sowieso nicht erwähnen und darüber ist sie ganz froh.

Sam

Auf dem Zimmer der Schulärztin steht jetzt: „Wenn die Angst anklopft, schick die Hoffnung zur Tür!“
Sam fragt sich, wie viele Leute hier sitzen und dann doch wieder gehen? Und ob die Schulärztin eine versteckte Kamera hat, mit der sie das beobachten kann? Und ob es nicht unglaublich traurig ist, wenn man weiß, dass alle Angst davor haben, zu einem ins Zimmer zu kommen?
Als die Tür aufgeht und er dran ist, versucht er deshalb zu lächeln, macht sich nicht klein auf dem Sessel vor ihrem Tisch, sondern normal groß, und stellt sich vor, er träfe sich mit jemandem auf einen Kaffee. Doch das funktioniert nur die ersten paar Sätze gut.
Sam sagt nämlich: „Hallo, Entschuldigung, meine Nase ist gebrochen, deswegen kann ich nicht am Turnunterricht und schon gar nicht am Schwimmen teilnehmen.“
Die Schulärztin sagt: „Hast du den Befund mit oder einen Bescheid von deinen Eltern?“

Und das wars dann auch schon mit der Kaffeehaus-Atmosphäre, weil Sam weder noch hat, und nicht einsieht, wieso es denn nicht reicht, dass die Nase gebrochen ist, und was seine Eltern damit zu tun haben müssen, denen das scheißegal ist.
„Macht nichts, komm einfach morgen wieder vorbei und bring den Befund mit!“
„Ich hab aber heute Schwimmen“, sagt Sam wie ein trotziges kleines Kind, und ihm fällt auf, wie die Schulärztin zwei Millimeter die Augen überdreht, bevor sie wieder ihr „normales“ Problembesprechungsgesicht hat.
„Wie ist das passiert mit der Nase?“
„Unfall ...“
„Du warst letzte Woche schon da und wolltest eine Befreiung vom Schwimmunterricht.“
Sam zuckt mit den Schultern.
„Wie ist es dir denn letzte Woche gegangen?“
Er zuckt wieder mit den Schultern.
„Hast du mit deinen Eltern geredet?“
Kopfschütteln.
„Ich würde dir ja gerne helfen, aber du musst mir schon ein bisschen mehr geben, mit dem ich arbeiten kann, Sam...“
Und dann passiert etwas, für das sich Sam so schämt, dass er am liebsten bis zum Mittelpunkt der Erde versinken will, wo er verkohlen kann, ohne dass ihn jemals wieder jemand zu Gesicht bekommen muss. Er beginnt zu weinen und kann gar nicht mehr aufhören.

Zara

Die erste Testphase verläuft überraschend positiv. Zara kann sich vor jeder Stundenwiederholung drücken. Selbst die Bio-Frau, die normalerweise überhaupt keine Ausreden verträgt, nickt verständnisvoll. Miriam blüht auf in der Rolle der Vermittlerin und hat offensichtlich ganz vergessen, dass sie gestern noch sauer war. Nach der dritten Stunde hat Zara bereits „akute Bronchitis mit zum Tode geweihten Mandeln, nicht ansteckend, kein Grund zur Sorge".

Aber dann, in der Mittagspause, fängt der Josef sie im Gang ab und sagt: „Wie gehts dir?", und Zara muss sich fest in die Wange beißen, um nicht zu antworten. Sie deutet auf ihren Hals.

„Aber heute früh war noch ...?"

Zara zuckt mit den Schultern.

„Tuts weh?", fragt er dann und schaut sie so an, dass ihr Bauch ganz kribbelig wird. Deswegen beschließt sie, im letzten Moment doch nicht den Kopf zu schütteln, sondern zu nicken und zusätzlich ein bisschen schmerzverzerrt zu schauen. Das hat sofort Wirkung, aber in die falsche Richtung, denn Josef schaut sie plötzlich nicht mehr besorgt an, sondern geht einen halben Schritt zurück. Sicherheitsabstand.

„Glaubst du, du bist am Wochenende fit?"

„Ja Ja Ja", schreit Zara in Gedanken und muss sich in beide Wangen gleichzeitig beißen, um nichts zu sagen. Sie nickt, so fest sie kann. Josef nickt auch und lächelt, und Zara hofft inständig, dass er sie bis dahin nicht unglaublich blöd findet.

Sam

So lange hat Sam versucht, alles zusammenzuhalten. Wie Spiderman, der mit seinen Netzen das Schiff vor dem Auseinanderfallen bewahren will und zwischen den Teilen fast entzwei gerissen wird. Nur, dass Sam gar kein Schiff hat, das er retten muss. Nur sich selbst. In den letzten Wochen ist so viel passiert, dass er überhaupt nicht mehr mit dem Verarbeiten nachkommt. Er hat sich so bemüht, nicht aufzugeben und aktiv zu bleiben, aber er hat das Gefühl, nach jedem Hoch ist ein umso schmerzhafteres Tief gekommen.

Er muss an Zara denken und es ist ihm ein Rätsel, wie sie es so mir nichts dir nichts geschafft hat, ihr Leben in Durcheinander und dann wieder zurück in Leben zu zaubern. Als wäre es das Einfachste der Welt. Und es kann schon sein, dass Sophia recht hat und niemand zu hundert Prozent glücklich ist, aber dann hat er einen wichtigen Kurs verpasst, in dem er hätte lernen sollen, wie er trotzdem ganz bleiben kann. Sam besteht aus tausend losen Stücken, die alle nicht zusammenpassen, und in seiner Brust klafft jetzt ein riesiges Loch, aus dem die Schulärztin alles heraussaugen kann. Noch hört sie wegen der vielen Schluchzer nicht so viel, aber sie hat plötzlich einen ganz anderen Blick und eine riesige Box mit Taschentüchern.
„Ich glaub ...“, bringt Sam heraus, „... ich glaub, der Leidensdruck ist vielleicht zu groß.“
Und die Schulärztin nickt und sagt: „Ja, das glaube ich auch.“

Zara

Zara nimmt die Stufen, aber sie hat trotz der drei Stockwerke nicht genug Zeit, um zu verarbeiten, was sie heute alles gelernt hat. Als sie nur noch einen einzigen Zwischenstock vor sich hat, weiß sie immer noch nicht, ob sie das Experiment auch zu Hause fortführen soll. Nach einem der ungefähr sechs unabwendbaren Tage folgt bei ihrer Mutter immer ein Tag mit schlechtem Gewissen. Das ist gut und schlecht zugleich. Gut ist, dass es ihr Lieblingsessen geben wird und dass etwaiges seltsames Verhalten keine Konsequenzen hat. Schlecht ist, dass garantiert ein Mutter-Tochter-Bonding-Abend geplant ist, was sich mit nonverbaler Kommunikation nicht ganz optimal verträgt. Zara fragt sich, wie Sam das macht. Ihr fällt ein, wie sie ihn und seine Eltern beim Essen beobachtet hat, aber ihr wäre nie aufgefallen, dass Sam Zeichensprache benutzt hätte. Sie hat aber auch nicht darauf geachtet, und dann sieht das wahrscheinlich schnell einmal wie

Händefuchteln aus. Sie weiß jetzt, was sie machen wird, und bleibt kurz vor der Wohnung stehen, um eine Seite aus ihrem Matheheft zu reißen, bevor sie den Schlüssel ins Schloss steckt. Wie zu erwarten, riecht es nach Kartoffelauflauf, und die Tür ist noch gar nicht wieder zugefallen, da kommt ihr ein fröhliches: „Hallo“ entgegen. Zara geht schnell in die Küche und umarmt ihre Mutter, bevor sie auf falsche Gedanken kommt. Dann hält sie ihr den Zettel unter die Nase.

„Ich mach heute ein Selbstfindungsprojekt mit Schweigegelübde. Magst du mit mir Zeichensprache lernen?“

Es kommt immer nur darauf an, wie man fragt. Zara sieht sofort, dass sich ihre Mutter den Abend anders vorgestellt hat, aber, ebenfalls wie zu erwarten, zwingt sie sich ein Lächeln ins Gesicht und nickt.

Sam

Die Schulärztin hat Sam mehr oder weniger wieder zusammengeflickt und nach Hause geschickt. Er spürt, dass die Teile immer noch nicht ganz zueinanderpassen, aber er hat zumindest eine Rolle Klebeband um sich herum, die verhindert, dass er ganz zerfällt.

Die Schulärztin hat ihm außerdem eine Broschüre mitgegeben. Die liest er jetzt, mit ganz vorsichtigen Wattehänden, damit sie nicht zu Staub zerfällt. Danach öffnet er Youtube. Zuerst braucht er fünfzehn Minuten, bis er sich traut, auf play zu drücken, aber dann kann er gar nicht mehr aufhören. Keine Katzen, sondern ganz was anderes, aber unendlich besser. Sam hat das Gefühl, dass die ganzen Teile, aus denen er besteht, nach und nach wieder zueinanderfinden. Und in seiner Brust ist zwar immer noch ein Loch, aber sein Herz möchte nicht mehr zerspringen, sondern es pumpt in jeden Zentimeter seines Körpers Hoffnung.

Sam schafft es erst, sich vom Bildschirm zu lösen, als er so dringend aufs Klo muss, dass er es keine Sekunde länger aushält. Beim Zurückkommen bemerkt er, dass Zara am Fenster steht. Unglaublich, wie weit weg sich heute Morgen bereits anfühlt. Er muss sich ganz dringend eine Entschuldigung ausdenken.
Zara lächelt, als sie ihn winken sieht, und beginnt ganz sonderbar zu gestikulieren. Dann macht sie dieselbe Bewegung noch einmal. Und noch einmal.
„Fliege im Zimmer?“, schreibt Sam.
Zara schaut kurz auf ihr Handy und wedelt dann wieder mit den Armen, nur dass sie den Kreis mit dem linken noch größer macht. Sam weiß immer noch nicht, was in sie gefahren ist, aber er hat was wiedergutzumachen. Also spielt er mit und macht die Bewegung nach. Zaras Gesicht leuchtet auf. Sie schaut wieder kurz auf ihr Handy, bevor sie weiterfuchtelt. Diesmal eine ganz andere Bewegung. Zu schnell für Sam, deswegen erfindet er irgendwelche Kung Fu Moves und dreht sich einmal im Kreis. Lange starrt Zara abwechselnd auf ihr Handy und dann wieder auf ihn, bis sie sich einen Zettel schnappt.
„Das kann ich noch nicht“, steht darauf. „Tut mir leid!“
Sam versteht nur Bahnhof und dann plötzlich macht es klick in seinem Kopf und er muss so lachen, wie er schon lange nicht mehr gelacht hat. Mit einer Hand hält er sich am Fensterbrett fest, mit der anderen hält er seinen Bauch.
„War das Zeichensprache?“, fragt er, nachdem er sich ein bisschen beruhigt hat. Aber als Zara total ernst nickt, spürt er, wie es in seinem Bauch zu glucksen beginnt, und bald lacht er wieder aus vollem Hals. Er lacht so arg, dass es bis nach drüben reicht und Zara sich irgendwann auch den Bauch halten muss.
„Warte kurz“, schreibt er und schaut schnell selber auf sein Handy. Dann legt er die Daumen übereinander und spreizt die restlichen Finger nach links und rechts auf die Seite.
„Vogel?“, rät Zara richtig.

„Korrekt“, antwortet Sam. „Das bist du!“
Dann müssen sie schon wieder beide lachen.
Aber irgendwann schreibt Zara: „Sam, wieso lachen wir eigentlich?“, und dann wird es ernst. Da muss er jetzt durch.
„Ich bin nicht stumm.
Ich bin nur feig und blöd.“
Er sieht, wie Zara überlegt und hofft, dass sie es ihm nicht allzu übel nimmt.
„Du bist nicht stumm?“
Sam schüttelt den Kopf.
„Oh Mann!
Ich hab heut den ganzen Tag nichts gesagt.
Weil ich wissen wollte, wie sich das anfühlt.“
Jetzt fängt Zara so an zu lachen, dass es sie schüttelt, und dann macht Sam wieder das Vogelsymbol, bis sie beide nur mehr nach Luft schnappen können.
„Und wie hat es sich angefühlt?“, fragt Sam, als sie sich wieder beruhigt haben. Zara überlegt.
„Ich hab gedacht,
es muss ziemlich einsam sein,
wenn niemand deine Sprache kann.“
Sam denkt daran, wie er sie in Gedanken immer „vereinsamte Zara“ genannt hat, was ihm mittlerweile leid tut.
„Ich hab mit Sophia geredet“, schreibt er.
„Und obwohl wir dieselbe Sprache sprechen,
versteht sie mich nicht,
sagt sie.
Momentan also auf Eis.
Hast du zufällig eine beste Freundin zu viel?“
„Ich hab nur eine,
aber ich würd sie teilen,
wenn du willst.
Sie ist echt toll.

Jeden zweiten Dienstag kannst du sie haben."
„Wie ein Scheidungskind."
„Ich hab das Sorgerecht."
„Bis sie deinen Vogel Strauß entdecken."
„Pfff, das Sorgerecht kriegt immer die Mutter, auch wenn sie zehn Sträuße hat :P"
Sam muss lächeln. Gar nicht so sehr im Gesicht, sondern mehr von innen heraus. Es tut gut, Quatsch zu schreiben. Er hat das Gefühl, er hat das Klebeband um sich herum schon viel weniger nötig.
„Tut mir leid wegen heute, Zara!"
„Is ok. Dafür kann ich jetzt Zeichensprache."
„Das wär eig so praktisch für uns!!"
„Oder so was wie das Internet."
Sie schreibt das so beiläufig, aber Sam ist sicher, dass es eigentlich eine Frage ist. Ein Vorschlag. Ein Wunsch. Next Level. Nur auf eine Art und Weise, dass er nicht darauf einsteigen muss, wenn er nicht will. Wofür er ihr unendlich dankbar ist.
„Oder ein Schnur-Telefon", antwortet er und hofft, dass er recht hat.
„Oder Whatsapp."
„Oder eine Brieftaube."
„Ich schick meinen Strauß! :P"
Sam hat das Gefühl, er könnte ewig so weitermachen und gleichzeitig zieht es ihn woanders hin. Er hat neues Land zu erkunden.
„Ich muss jetzt gehen Zara!", hält er ein wenig später gegen die Scheibe.
„Wohin?"
„Zu meinem Computer!"
„Pfff"
„Katze!"
„Selber."
„Außerdem wird es schon finster."

„Wird es nicht."
„Ich kann schon nichts mehr lesen."
„Blödsinn!"
„Was?"
„B-L-Ö-D-S-I-N-N"
„Sorry. Verbindung ganz schlecht.
Gute Nacht Zara!"
„Gute Nacht!"
Sie stemmt die Hände in die Seiten und versucht, trotzig zu tun, aber er sieht, dass sie lächelt. Er winkt und Zara winkt mit den Vogelhänden zurück, bevor sie sich an ihren Schreibtisch setzt. Sam lässt seinen Blick noch einmal über die Hausfront gleiten, und als er zwei Reihen über Zara ankommt, stockt ihm der Atem. Abendlicht taucht die oberen Fenster in warmes Gold und scheint auf einen Bogen Backpapier, der dort außen auf dem Glas klebt. Er fühlt sich ertappt, und der Schreck, dass da noch jemand Botschaften ins Fenster hängt, rumort kräftig in seinem Bauch. Es war anstrengend genug, Zara hereinzulassen. Für mehr ist kein Platz. „Sinn des Lebens = das Beste daraus machen." Was soll das überhaupt bedeuten? Aber dann erinnert er sich an die Frage, die er letztens Zara gestellt hat und entspannt sich wieder ein wenig. Könnte das wirklich eine Reaktion darauf sein? Er lässt den Satz durch seinen Kopf gleiten und denkt sich, heute war in Wirklichkeit zehn Tage lang. Sam ist hundemüde und gleichzeitig so wach wie noch nie. Heute Vormittag war er noch grottenschlecht in dieser ganzen Leben-Durcheinander-Leben-Sache. Jetzt hat er das Gefühl, er ist zumindest ein bisschen besser geworden. Vielleicht gehört das auch dazu. Vielleicht ist das immer so. Vielleicht muss man in Wirklichkeit nur lernen, mit dem Durcheinander umzugehen.

Zara

Donnerstage sind langweilig. Vor allem, wenn draußen alles voll ist mit grauem Herbstwind und Miriam krank zu Hause liegt. Alle haben gedacht, Zara hat Miriam angesteckt und im ersten Moment hat sie noch versucht, sich zu verteidigen und „ausgeschlossen“ gerufen, aber sie kann auch schlecht sagen, dass sie ja gar nicht krank war. Und dann ist sie lieber wieder still geworden. Stimme schonen und so. Sie hat sich in der Früh sogar extra den dicken, weiß-rot gestreiften Schal um den Hals gewickelt, damit man noch ein bisschen von ihrer akuten Bronchitis sieht. Ansonsten kann man an solchen Donnerstagen nicht viel machen.
Sich mit Gebärdensprache von seiner Mutter verabschieden.
Sich Regen aus den Augen wischen.
Sich neben den leeren Platz setzen. An Sam denken. Und daran, dass er gestern „uns“ geschrieben hat.
Sich wiederholt in Gedanken in den Hintern beißen, weil man die peinlichste Detektivin der Welt ist.
In allen Fächern mitschreiben, weil man eine gute Schülerin ist. Trotzdem alles langweilig finden.
Sich Josef von hinten ansehen. Daran denken, dass sie übermorgen gemeinsam ins Kino gehen. Kurz einen Wirbelsturm im Bauch haben. Sich wundern, wie schnell der Sturm wieder nach draußen verschwinden kann.
Im Klassenzimmer ist es stickig, und es dauert noch viel zu lang, bis sie endlich nach Hause kann. Zara zeichnet Kringel und Kreise neben ihre Zeilen. Sie versucht sich zu erinnern, wie es sich angefühlt hat, als sie vor zwei Tagen der ganzen Welt von ihrem Kinodate erzählen wollte, aber sie schafft es nicht. Sie freut sich immer noch, aber anders. Außerdem hat sie Sam gestern nicht die ganze Wahrheit geschrieben. Beim Schweigen dachte sie schon, wie krass es ist, wenn niemand die eigene Sprache spricht. Aber noch mehr überraschte sie, wie gut sie plötzlich im Beobachten war, weil sie nicht aktiv am Geschehen teilnahm.

Und da fielen ihr Dinge auf, die sie vielleicht gar nicht so gerne sehen wollte.
Wie zum Beispiel, dass Paul ein fettes Minus inklusive Moralpredigt bekam, weil er nach der großen Pause zehn Minuten zu spät kam. Und Nora, die fünfzehn Minuten zu spät kam, kriegte nur ein fettes Minus. Ohne Predigt.
Oder dass in der Diskussion über das Klassenwichteln die Jungs viel ernster genommen wurden als die Stimmen der Mädchen. Yasmin hätte gerne etwas gesagt und hatte sogar einmal einen Satz angefangen, aber dann wurde sie unterbrochen und blieb still. Und als Becky rief: „Scheiße, das ist ja schon so bald!“, sagte die Stradner: „Bitte nicht fluchen!“, aber Alan sagte heute dreiunddreißig Mal „Fuck“ und ein einziges Mal wies ihn jemand darauf hin. Zara hat mitgezählt.
Das alles gibt ihr zu denken und sie weiß nicht, wie sie selbst in das Bild passen soll. Als endlich die Glocke läutet, ist von Zaras rosaroter Brille nicht mehr viel übrig. Sie trottet gedankenverloren Richtung Ausgang und stößt fast mit dem Hausmeister zusammen.
„Hast du keine Augen im Kopf?“, fährt er sie an. Zara schluckt und überlegt für einen verzweifelten Moment, ob sie ihm von ihrem Josef-Date erzählen soll, damit sie zumindest einer Person die frohe Botschaft verkünden kann, aber dann sagt sie nur leise: „Doch.“
„Schau, dass du rauskommst!“, grummelt der Hausmeister, und Zara verlässt traurig das Schulgebäude. An allen anderen Tagen hätte sie darüber geschmunzelt und sofort Miriam erzählt, dass sie fast den grimmigen Hausmeister niedergerannt hätte, aber heute ist anders. Heute denkt sich Zara, dass sie ihre Stimme vielleicht doch nicht so schnell wieder braucht. Will ja eh niemand hören.

Sam

Er hat eine Frage gestellt und bis jetzt zwei Antworten bekommen. In der großen Pause tippt er alle zwei in eine Notiz auf seinem Handy.

Was ist der Sinn des Lebens?

1) Erdnussbutter
2) Das Beste daraus machen

Sam hätte gerne noch andere Lösungen. Ewas, das so konkret ist wie Erdnussbutter, aber nicht ganz so banal. Er schielt nach rechts und ist sich der Distanz bis zu dem Sessel neben ihm immer noch seltsam bewusst. Es ist gut, dass der Platz nicht mehr frei ist, aber es ist komisch, dass plötzlich eine neue Person da sitzt. Der Freiraum zwischen Paulas und seinem Körper hat eine ganz andere Form als der leere Raum, der zwischen Sophia und ihm war. An den war er gewöhnt. Nach vielen Jahren Nebeneinandersitzen seit der Volksschule und gemeinsamem Wachsen.
„Du Paula?“
„Ja?“
Sam fällt auf, dass sie besser flüstern kann als Sophia. Er fragt sich, ob das etwas zu bedeuten hat.
„Was ist der Sinn des Lebens?“
„Phu“, sagt Paula. Und in diesem „Phu“ ist so viel Inhalt, dass Sam schon überlegt, ob er es als dritten Punkt notieren soll, da fügt Paula hinzu:
„Ich weiß nicht. Nichts Großes. Ich wäre gern glücklich, aber ich brauch keine Karriere oder so. Nur einen Job, der mir Spaß macht. Und irgendwann eine harmonische Familie und einen harmonischen Lhasa Apso. Ziemlich lame, oder?“
Sam denkt sich, dass sie seine Frage nicht wirklich beantwortet hat und dass es schon ein bisschen langweilig ist, aber auch okay.

Er schüttelt den Kopf und lächelt sie an.
„Klingt gut. Aber was ist ein Lhasa Apso?“
Nachdem er mindestens fünfzig Hundefotos auf ihrem neuen Display begutachtet hat, öffnet er wieder seine Liste und überlegt, wie er das in einen schlüssigen Satz verpacken kann.

3) Glücklich sein

Und nach einer Weile fügt er noch „und Familie haben“ hintendran.
Dann geht er zur Schulärztin. Den Befund der kaputten Nase herzeigen und überschüssiges Klebeband zurückgeben.

Zara

Um Zara liegt ein Meer aus losen Zetteln. Alles Unterhaltungen, die sie mit Sam hatte. Briefe, die gelesen, aber nie abgeschickt wurden. Fein säuberlich klebt sie die losen Blätter Kante an Kante und macht ein einziges Mega-Papier daraus. Dann holt sie sich Stifte und beginnt auf die Rückseite zu zeichnen. Sam ist noch nicht zu Hause. Und sie soll ihm eigentlich nicht schreiben. Aber auf dem Nachhauseweg war der Regen, den sie sich aus den Augen gewischt hat, salzig, sie hat sich über den Hausmeister und über die Welt geärgert, ihre Mutter ist von der Arbeit noch nicht zurück, und einsames Mikrowellenessen macht satt, aber nicht bis ganz nach innen. Deswegen muss sie etwas tun.
Sie braucht fast zwei Stunden, bis sie fertig ist. Sam ist noch immer nicht zu Hause, aber seine Eltern sitzen schon in der Wohnküche. Zara hat keinen Bock mehr zu warten. Soll er sich ruhig ärgern. Der Bogen schließt ihr Fenster fast passgenau ab. Sie hofft, dass Sam sich vielleicht auch ein bisschen freuen wird und ihr so verzeiht, dass sie seine Bitte ignoriert hat und dass sie ihn für den Rest des Abends aussperren wird. Sie muss sich jetzt

in ihr Bett legen und Serien schauen und den Herbst begrüßen. Aber Zara hält es nicht lange aus auf ihrer Decke. Sie steht wieder auf und wandert von Bett zu Tisch zu Bett zu Teppich zu Tisch und irgendwann bemerkt sie, wie nervös sie ist. Nur mehr zweimal schlafen. Vielleicht ist das in Wirklichkeit der Grund für den ganzen Donnerstagsfrust. Sie nimmt sich vor, etwaige zukünftige Dates immer nur für den folgenden Tag auszumachen, sonst wird sie wahnsinnig.

Sam

Zum ersten Mal seit der Sache mit der Nase isst Sam mit seinen Eltern zu Abend. Wie immer in letzter Zeit hat er gemischte Gefühle. Er weiß, dass er mit ihnen reden muss, aber nicht heute, nicht jetzt. Er will den Zeitpunkt selbst bestimmen. Sie haben so viele Fragen in ihren Gesichtern und er will keine einzige davon hören. Deswegen bemüht er sich, gelassen zu sein und ihnen zuvorzukommen. Er erzählt von der Schule, von seinem Streit mit Sophia und dass er sich dafür jetzt mit Paula angefreundet hat.
„So etwas passiert", sagt sein Vater und wirft seiner Mutter einen seiner „Siehst du, hab ich doch gesagt"-Blicke zu. Seine Mutter lächelt, ein bisschen zu vorsichtig, und dann reden sie eine ganze Weile einfach nur Blödsinn und lachen, aber Sam sieht, dass ihre Augen ihn immer noch zu genau anschauen.
„Was ist das jetzt da drüben für eine Aktion mit den Zetteln immer?", fragt sie plötzlich während der Nachspeise.
„Nicht, dass wir mitlesen würden", sagt sein Vater und grinst.
„Wir lesen wirklich nicht mit!"
„Ich würd gern."
„Aber ich lass ihn nicht."
„Nur, wieso ist da ein Vogel zwischen den Blumen?"
Sams Augen schielen automatisch in Richtung Fenster. Es ist schon zu dunkel, um noch viel zu erkennen. Aber auch so hat er

Zaras letzte Aktion wie ein Foto vor seinen Augen. Das ganze Fenster war tapeziert mit ihrer Nachricht.

Oben stand:

„Gratuliere zu Task #1 (wenn auch :(( )
Als Nächstes ist Task #2 an der Reihe:
Antipoden umarmen. Und PUFFFF!"

Darunter war ein riesiger Bund Blumen gezeichnet mit einem Straußenkopf zwischen den Blüten.

Sam dreht sich wieder zurück zum Esstisch und zu den erwartungsvollen Blicken seiner Eltern. Er wusste, dass sie ihn früher oder später fragen würden. Dafür sind sie zu neugierig. Aber es passt ihm heute sogar ganz gut in sein Konzept. Dann kann er mit der leichtesten Antwort beginnen. Und üben. Für das, was er ihnen eigentlich sagen will.

Zara

Zara steht vor dem Spiegel zwischen den Schranktüren und zieht an ihren Nippeln. Ihre Brüste wachsen um drei Zentimeter, dafür schauen sie total komisch aus. Viel zu dünn. Wie nasse Kaffeefilter. Außerdem tut es weh. Sie lässt ihre Arme wieder an den Seiten nach unten hängen, und die Nippel springen sofort zurück in ihre Ausgangsposition. Vielleicht zwei Zentimeter über den Rippen. Zara ärgert sich über ihre Brüste und darüber, dass sie sich über ihre Brüste ärgert und über den Josef, dem die Beschaffenheit ihrer Brüste hoffentlich egal und nicht egal ist.
„Falls eure gemeinsame Zukunft an pubertierenden Brüsten scheitert, willst du ihn sowieso nicht heiraten!", sagt eine Stimme in ihrem Kopf und Zara weiß, dass das gut und richtig

ist. Sie weiß außerdem, dass man sich fast nie daran erinnern kann, was andere Leute anhaben. In dem Moment, wo jemand aus einem Zimmer geht, hat man es meistens schon vergessen. Aber die Zweifel sitzen ihr trotzdem im Nacken. Sie war noch nie auf einem richtigen Date, und hat keine Ahnung, was da für Maßstäbe gelten.
Zara zieht noch einmal den BH an, den sie heimlich aus der Kommode ihrer Mutter geholt hat und stopft jeweils drei Socken in ein Körbchen. T-Shirt darüber und seitlich zum Spiegel drehen. Ein Lachen entkommt ihr, als sie sich so sieht. Vielleicht sollte sie wirklich in diesem Outfit ins Kino gehen. Perfekte Popcorn-Sammelstelle. Außerdem würde ein Teil von ihr gerne das Gesicht vom Josef sehen. Wenn es nicht so peinlich wäre.
Zara lässt BH und Socken auf den Boden fallen und schlüpft zurück in ihr T-Shirt.
Dann geht sie zum Fenster.
„SAM“, schreibt sie auf den größten Zettel, den sie finden kann. Mit fünfundzwanzig Rufzeichen darunter. Sie klopft gegen die Scheibe und weiß, dass er sie nicht hören kann, aber es geht ihr dabei trotzdem irgendwie besser. Als hätte er ihren Blick gespürt, dreht er sich ein paar Minuten später von seinem Computer weg und entdeckt ihre Nachricht.
„JA?????????“, schreibt er zurück.
„ICH BRAUCH HILFE!“
„OK!“
„Ich weiß nicht, was ich morgen anziehen soll.“
„Es soll wieder ein bisschen wärmer werden.“
„Das mein ich nicht :P“
„Ich weiß.“
„Ich hab ein Kinodate.“
„Mit dem Antipoden?“
Zara nickt. Und freut sich, dass sich Sam freut.
„Na gut, zeig her!“

Auf ihrem Bett liegt ein riesiger Haufen aus unterschiedlichsten Kleidungsstücken. Zara zieht an einem blau schimmernden Zipfel und geht damit wieder zwischen die Schranktüren. Es ist das einzige Kleid, das sie manchmal noch anzieht. Was in dem Fall heißt, zweimal im Jahr, wenn sie zu irgendeiner Taufe muss oder so. Es hat schmale Träger, und wenn sie sich bewegt, fliegt der Saum im Wind. Knapp über ihren Knien. Ein letzter kritischer Blick in den Spiegel und plötzlich ist sie nicht mehr sicher, wem sie eigentlich imponieren will.

Sam

Das Kleid steht ihr furchtbar gut und er ärgert sich, dass sie es anhat. Es passt überhaupt nicht zu ihr. Zumindest nicht zu der Zara in seinem Kopf. Sam denkt sich, es sollte nur Blind Dates geben dürfen. Also so richtige Blind Dates. Wo es finster ist und man nicht sieht, was die andere Person anhat. Oder einen verpflichtenden Date-Dresscode. So wie eine Schuluniform. Damit man nur den Menschen sieht. Und nicht alle auf die blöde Idee kommen, plötzlich Dinge anzuziehen, die sie sonst nie anhaben. Wie zum Beispiel ein Kleid. Für irgendeinen Typen. Der sich wiederum wahrscheinlich eine halbe Flasche Gel auf den Kopf leert, damit ihr Blick darauf kleben bleibt. Letztens war ein Bericht in den Nachrichten, dass ein Mann seine Frau verklagen wollte, nachdem er sie zum ersten Mal ohne Schminke gesehen hatte. Völlig absurd.
„Kino + davor Galadiner?“, hält er ins Fenster.
„Zu viel?“
Kräftiges Nicken.
Zara verschwindet wieder hinter der Schranktür, was so praktisch einfach ist. Wieso hat er daran nicht gedacht? Sam hat sich die letzten Wochen immer extra im Bad umgezogen.
Als Nächstes präsentiert sie ihm einen dunklen Rollkragenpullover über schwarzen Jeans.

Sam schüttelt den Kopf.
„Langweilig!“
Zara lacht. Was heißt, dass sie bei so was nicht leicht eingeschnappt ist. Und sich vielleicht in Wirklichkeit auch gar nicht so viel daraus macht, was sie anhat.
Sie zeigt ihm Outfit nach Outfit, und es ist wie in so einer Makeover Show, wo der Enthüllungsmoment ganz lang hinausgezögert wird. Wenn sie aus dem Schrank kommt, sieht er am Anfang nur dunkle Umrisse und erst, wenn sie näher kommt, kann er die Farben genauer erkennen.
Sam bastelt sich einen großen Daumen, mit dem er den Grad anzeigt, wie sehr ihm eine Variante gefällt. Zara überrascht ihn zwischendurch mit Scherz-Outfits, die sie nie und nimmer ernst meinen kann.
„DAS DA! Ganz klar!“, presst er neben dem Daumen hoch gegen die Scheibe, als sie im Kuhkostüm ans Fenster tritt.
Letztendlich einigen sie sich auf blaue Jeans und ein gestreiftes T-Shirt, mit senfgelber Kapuzenweste darüber. Quasi so, wie sie immer herumläuft.
„Perfekt“, schreibt er. „Wenn er dich nicht sofort auszieht,
weil er das so hässlich findet,
weiß ich auch nicht.“
Aber mit fünf Zwinkersmileys hintendran. Damit sie weiß, dass es ihm in Wirklichkeit gefällt. Außerdem wird ihm gerade bewusst, dass er sie wirklich gern zum Lachen bringt.
„Danke“, schreibt Zara. Mit Herz am Schluss.
„Danke DIR!“, antwortet Sam.

Zara

Schafe zählen bringt nichts. Sich auf den Atem konzentrieren bringt nichts. Sich von links nach rechts zu wälzen, bringt schon gar nichts. Zara ist so nervös, dass ihr fast schlecht ist. Sie braucht Ablenkung, ganz dringend. Und dann wird ihr plötzlich schmerzhaft bewusst, dass sie dabei an Sam gedacht hat. Nicht an Miriam. Die krank zu Hause liegt. Und kein einziges Foto von ihrem Outfit-Problem bekommen hat. Schlechtes Gewissen macht sich in Zara breit und sie greift nach ihrem Handy.

„Bist du wach?“

Siebenundsechzig Schafe später hat ihr Handy immer noch keinen Mucks von sich gegeben.

„Ich hoffe, dir gehts schon besser. Aber noch immer schlecht genug, dass ich dich am Sonntag mit ganz viel Schokolade besuchen kommen kann! Bisou“

Zara hat jetzt weniger schlechtes Gewissen, aber immer noch einen Ameisenhaufen in ihrem Bauch. Sam kann sie nicht schreiben, da sie weder seine Nummer noch sonst etwas von ihm hat, weil er feig ist und blöd und sie ihn dafür eigentlich viel weniger liebenswert finden sollte, als der Fall ist.

Mit einem Seufzer rollt sich Zara aus dem Bett und geht zum Fenster. Kühles Glas auf ihrer Stirn. Sams Zimmer ist finster, doch der Bildschirm von seinem Computer leuchtet noch. Davor sitzt ein schwarzer Umriss. Und auch, wenn das jetzt vielleicht wieder einer ihrer blöden Zara-Einfälle ist, bei denen alles schiefgeht, weil sie die eigentliche Mission aus den Augen verliert und nur an sich denkt, will sie unbedingt noch mit ihm reden. Sie hat auch eine Idee, wie.

Sam

Auf der Wand vor seinem Gesicht taucht in regelmäßigen Abständen ein schwacher Lichtkreis auf. Drei Mal kurz, drei Mal lang, drei Mal kurz. Nur eine Person kann um die Uhrzeit auf so blöde und dramatische Ideen kommen. Sam lächelt und dreht sich zum Fenster. Das Licht blendet ihn und als er die Augen wieder öffnet, scheint die Taschenlampe nicht mehr in sein Zimmer, sondern

von unten auf Zaras Gesicht. So, wie man das beim Gruselgeschichtenerzählen macht. Dann leuchtet sie auf einen Zettel.
„Ich hab so Angst o___o“, steht darauf.
Sam denkt sich, wie sonderbar Angst ist. Wie subjektiv. Und irrational. Man kann Angst vor Hunden haben. Angst vor Versagen. Angst vor der Schulärztin. Angst vor ersten Dates. Angst vor großen Gegenständen. Angst vor Vorzeichenfehlern. Angst vor Bakterien, die man gar nicht sieht. Oder Angst vor Gesprächen, die man mit seinen Eltern führen sollte. Und so oft hat man Angst, bevor etwas überhaupt erst passiert, was wirklich total unnötig ist.
„Vor morgen?“, kritzelt Sam auf ein Blatt Papier und schaltet seine Handy-Taschenlampe ein.
Zara leuchtet sich wieder ins Gesicht und nickt.
„Warte!“, schreibt Sam und geht zurück zu seinem Schreibtisch. Er will etwas für Zara machen, das er insgeheim selbst gerne bekommen würde. Ein bisschen Mut. Aber vielleicht können sie ihn sich ja teilen.

Zara

Drüben brennt jetzt wieder Licht, und Zara beobachtet gespannt, wie Sam an seinem Schreibtisch herumhantiert. Bücher, Zettel, eine Müslischale. Alles landet auf dem Boden. Nur seinen Computer und die Boxen legt er behutsam auf das Bett. Und dann nimmt er den ganzen Schreibtisch und schiebt ihn direkt unter das Fenster.

Sam

Es schaut schon ganz gut aus. Der Computer steht wieder da, wo er hingehört. Er braucht nur noch ein Verlängerungskabel. Und dann, plötzlich, hat er nichts mehr vorzubereiten und merkt, wie

sich Nervosität in ihm breit macht. Er schaltet das Licht wieder aus und atmet ein paar Mal tief durch. Er könnte sich jetzt einfach ins Bett legen und so tun, als wäre nichts. Er könnte aber auch einfach weitermachen.
„Öffne dein Fenster!“, schreibt er Zara, bevor er bei sich dasselbe macht.

Zara

Kalte Nachtluft kriecht ins Zimmer und Zara hat noch immer keine Ahnung, was jetzt kommt. Sam hat sein Fenster sperrangelweit offen und platziert seine Boxen auf dem Fensterbrett. In ihre Richtung gedreht. Zara lehnt sich hinaus ins Dunkel und hört zuerst nichts, aber dann dreht er an den Reglern, und plötzlich ist die ganze Fischergasse voller Musik.

Sam

Hoffentlich findet sie das Lied nicht blöd.
Hoffentlich findet sie das Lied nicht blöd.
Hoffentlich findet sie das Lied nicht blöd.
Er öffnet vorsichtig die Augen und schielt nach drüben.
Zara tanzt.

Zara

Ihr Körper bewegt sich wie von selbst. Nicht, weil sie eine geborene Tänzerin ist, sondern weil es gerade einfach so gut passt. Weil die Musik viel zu laut für diese Uhrzeit ist. Und weil sie Ameisen im Bauch hat, und der traurigste Junge der Welt gegenüber wohnt, was ein ziemliches Glück ist.
Zara kennt das Lied. Der Text trifft genau ins Schwarze. Nicht zu viele Sorgen machen, alles wird gut.

Leise singt sie mit und merkt, wie sie sich mit jedem Wort ein bisschen besser fühlt.

Sam

Es ist schon wieder so komisch wie bei dem kaputten Handy von Paula. Ein Teil von Sam wartet darauf, dass alles zu Staub zerfällt, aber stattdessen merkt er, wie es nicht nur Zara, sondern auch ihm selbst besser geht. Wie er Mut bekommt. Weil sie einfach so im offenen Fenster steht und die Nacht wegtanzt. Weil rundherum immer mehr Lichter in Wohnungen angehen und von rechts jemand ganz laut „leise“ schreit, aber er trotzdem nicht auf „Stop“ drückt. Weil er spürt, wie sich der Rhythmus auch in seinem Körper breitmacht.

Zara

Sams Schultern zucken, und er wippt ganz leicht nach vor und zurück. Zara lacht ihm Mut zu und bewegt sich so unbefangen zu dem Lied, dass Sam gar nicht anders kann, als mitzumachen. Beim letzten Refrain hat sie ihn schon so weit, dass sie sich beide wild zum Takt der Musik bewegen. Bis der letzte Ton ausklingt, ist alles andere total egal.
Und dann kann sie endlich schlafen.

Sam

Ein Licht nach dem anderen geht wieder aus. Sam wartet am Fenster und stellt sich vor, wie alle der Reihe nach zurück in ihre Betten kriechen. Kopfschüttelnd. Und dann wieder einschlafen, und wie am nächsten Tag alles nur noch wie die Erinnerung an einen Traum ist.
Ihm kommt es jetzt schon so vor. Sam legt sich auch auf sein Bett

und denkt sich, dass der Schreibtisch ruhig noch eine Weile dort stehen bleiben kann, wo er jetzt ist.

Zara

Der Film ist vorbei, aber sie wollen beide noch nicht nach Hause gehen. Josef zieht Zara auf eine Parkbank neben dem Kino und lächelt sie schüchtern an. Zara lächelt zurück, bevor sie den Kopf verlegen auf die Seite dreht. Am Horizont ist noch ein Streifen Rosa zu sehen, der den Abend in weiches Licht taucht. Alles fühlt sich so neu und aufregend an, dass es ihr fast zu viel ist. Zara schließt für einen Moment die Augen und ist sich fünfer Dinge bewusst:

1) Händchen halten ist seltsam und wird vielleicht überbewertet, vor allem, wenn die andere Person schwitzige Finger hat.
3) Etwas passierte trotzdem mit ihr, als Josef im Kino plötzlich nach ihrer Hand griff. Sie weiß zwar noch gut, wie der Film hieß, aber sie hofft stark, dass ihre Mutter nicht zu genau nach dem Inhalt fragt.
4) Sie hat ihren Kopf auf den Oberschenkeln vom Josef, was ein ziemlicher Fortschritt ist.
5) Sie weiß trotzdem nicht, was er anhat.
6) Den Rekord hat sie immer noch nicht gebrochen.

Sam

Es war eine Scheißidee, das Klebeband zu früh zurückzugeben. Natürlich nur symbolisch, aber er wähnte sich in Sicherheit und dachte, es werde besser. Dabei ist gar nichts besser. Und wenn man nicht damit rechnet, kann man einen Sturz auch nicht so leicht abfangen.
Als Erstes hat Sam viel zu lange geschlafen, was an sich ja durch-

aus ein guter Start in einen Samstag sein könnte, aber beim Aufwachen hatte er ein ganz komisches Gefühl im Bauch. Ungefähr so, wie er sich vorstellt, dass es seinen Eltern geht, wenn sie nach einer langen Nacht nur mühsam bis zum Klo tapsen können. Dabei hat er nicht getrunken, er hat nur getanzt. Aber nach jedem High folgt anscheinend ein Low. Das müsste er schön langsam wissen.

Sein erster Blick ging hinüber zu Zara, doch die war schon weg. Das Mittagessen mit seinen Eltern war eigentlich noch in Ordnung. Sie erwähnten mit keinem Wort die Musik und stellten auch keine blöden Fragen. Aber dann landete ein riesiger Patzen Risotto auf seinem T-Shirt, und als er sich umziehen wollte, dachte er, er könnte sich wieder einmal vor den großen Spiegel stellen. Jetzt, wo Zara nicht da ist, die ihn dabei beobachten könnte. Was die dümmste Idee des ganzen Universums war.

Inzwischen hat er sich wieder etwas beruhigt und versucht, sich am Computer abzulenken, aber es ist wie bei einer Wunde, die man eigentlich ignorieren sollte, die aber zu stark juckt. Immer wieder gleitet sein Blick nach unten. Immer wieder fahren seine Finger unabsichtlich seinen Körper entlang und ihm wird aufs Neue schlecht, wenn er spürt, wie anders sich alles anfühlt als noch vor ein paar Wochen. Beschissene Pubertät. Er will nicht mehr, er hat keine Lust auf Veränderung. Am liebsten wäre er wieder ein kleines Kind, dem egal ist, was der Körper macht, solange es damit laufen und springen und auf Bäume klettern kann. Ein Teil von Sam wünscht sich ehrlich, dass Zara eine tolle Zeit mit ihrem Erzfeind hat, aber ein anderer Teil hofft, dass sie es nicht zu fein haben und dass Zara bald wieder nach Hause kommt. Und dann fühlt er sich noch ein wenig schlechter, weil er nicht sicher ist, welcher Wunsch stärker ist. Außerdem muss er dringend mit seinen Eltern reden.

Zara

Ganz egal, was heute sonst noch passiert, aber ohne gebrochenen Rekord fährt Zara nicht nach Hause. Ihr wird bewusst, dass sie den Josef eigentlich noch gar nicht so gut kennt. Wie komisch, dass man in jemanden so verliebt sein kann, über den man so wenig weiß. Aber sie traut sich noch nicht, richtige Fragen zu stellen, deswegen fragt sie: „Wie hast du das Spiel gestern gefunden?"

Josef sagt ganz lang nichts und dann sagt er langsam: „Wie gern hast du Fußball?"

Zara überlegt. Sie hat das Gefühl, dass das eine Fangfrage ist. Entweder er kann nicht damit umgehen, wenn sie kein großer Fußballfan ist, oder er findet es blöd, wenn Mädchen Fußball mögen. Miriam fällt ihr ein, die gesagt hat, sie solle mysteriös bleiben und nicht zu viel von sich verraten, was ziemlich sicher wieder von einer ihrer seltsamen Internetseiten kommt. Außerdem hat Zara keine Ahnung, wie sie so eine Frage mysteriös beantworten soll. Deswegen beschließt sie, einfach die Wahrheit zu sagen.

„Eigentlich schon ziemlich gern."

Josef macht so ein kleines, komisches Geräusch wie eine verwundete Katze und Zara weiß nicht, ob das ein gutes oder ein schlechtes Zeichen ist.

„Was?", fragt sie.

Er berührt sie kurz an der Schulter und zieht dann die Hand wieder weg.

„Zara. Ich muss dir was sagen. Wenn es eine Sache gibt, die ich überhaupt nicht mag, dann ist das Fußball. Mein Papa ist Trainer in einem Verein, und früher musste ich da auch immer spielen, aber ich war viel schlechter als alle anderen, und ich hab es einfach immer schon gehasst. Das war so ein Kampf, echt. Ich wollte immer am liebsten im Tor stehen, weil ich da am wenigsten tun musste, aber dann ging der Ball ständig rein und mein Papa war

wütend auf mich. Es hat Jahre gedauert, bis ich ihn überreden konnte, dass ich nicht mehr mitkommen muss. Meine Brüder sind immer noch dabei, und manchmal muss ich zu ihren Spielen gehen und so tun, als würde ich mich freuen, aber ich kenne nichts Langweiligeres auf der ganzen Welt. Ich hab auch keinen Lieblingsspieler bei Bayern München. Oder sonst irgendwo."
Zara spürt unter ihrem Kopf, wie der ganze Körper vom Josef unter Spannung steht. Wie seine Oberschenkel ganz hart werden. Sie setzt sich auf und dreht sich zu ihm.
„Du magst keinen Fußball?"
„Ist das schlimm?", fragt er mit Angst in der Stimme.
„Das ist überhaupt nicht schlimm!", sagt Zara und strahlt. Weil es wirklich nicht schlimm ist. Und weil sie gerade einen neuen Rekord aufgestellt hat.
„Was magst du dann?"
Er schaut sie so komisch unsicher an, dass sie sich plötzlich nach vorne beugt und ihn küsst. Mitten auf die Popcornlippen. Salzig und weich.

Sam

Seine Eltern wirken sichtlich beruhigt von der ganzen Zara-Geschichte und bestehen auf einen Spieleabend. Sam versucht mutig zu sein, aber es will einfach nicht klappen. Sieben Runden später hat er dreimal gewonnen und das einzige relevante Wort, das zwischen ihm und seinen Eltern gefallen ist, war „Uno". Zara ist immer noch nicht daheim.

Zara

Später im Auto erzählt Zara ihrer Mutter alles. Also, fast alles. Wie der Film war. (Gut.) Und wie es danach war. (Sehr gut.) Und dass der Josef keinen Fußball mag, dafür fährt er gerne Ski, und

er hat in der Volksschule einmal einen Vulkan gebaut, der so gut funktioniert hat, dass sie die Küche neu streichen mussten. Außerdem mag er Sachen, die sie selbst auch ziemlich gut findet. Popcorn-Geschmack zum Beispiel. Und zwei Brüder hat er, was Zara zwar schon wusste, aber sie erzählt es trotzdem. Ihre Mutter sagt „Aha“ und „Mhm“ und lächelt ganz leise, während sie geradeaus schaut.
Irgendwann hat Zara alles gesagt, was sie sagen kann, und weil ihre Mutter immer noch so still ist, wird sie nachdenklich.
„Mama?“
„Ja?“
„Darf ich dich was fragen?“
„Sicher!“
„Was ist der Unterschied zwischen Mädchen und Jungs?“
„Meinst du, wie die quasi ineinander passen?“
„Gott! Mama! Nein, stopp! Das hatten wir schon!“ Zara knufft ihre Mutter in die Schulter. „Ich mein so ganz allgemein.“
„Ich weiß nicht. Gute Frage. Vielleicht mittlerweile gar nicht mehr so viel. Aber ich hab ja nur dich, ich kenn mich mit Jungs nicht aus.“ Dabei zwinkert sie so komisch, und Zara denkt sich, sie hat vielleicht die liebste und auch peinlichste Mutter der Welt.
„Blabla, ohne Jungs wär ich gar nicht da!“
„Nein ehrlich, ich hab schon alles vergessen. Ich glaub, du musst den Josef mal mitbringen. Vielleicht kann ich dann deine Frage beantworten.“
„Mama!!“
„Vielleicht am Montag?“
„Viel zu Früh!“
„In einer Woche?“
„Mal schauen Mama, mal schauen.“
Und dann gehen sie zur Feier des Tages noch einen Cocktail trinken, einmal Virgin und einmal Piña Colada, und Zara findet das alles richtig fein.

Sam

„Du willst was?“
Zara schaut ihn entgeistert an, und Sam rollt mit den Augen. Er will sich nicht erklären, er will ihren Rat.
„Abnehmen“, hält er noch einmal entschlossen ins Fenster. Zara schüttelt den Kopf.
„Der Strauß ist def umgezogen!!!!“
Sie versteht nicht. Sie kann ihn gar nicht verstehen, und Sam weiß das, aber er ist trotzdem enttäuscht.
„Ich muss!“
„Wieso?“
„So.“
„Nix ist nur so.“
„Glaub mir einfach!“
Würden sie miteinander reden, wäre Verzweiflung in seiner Stimme.
„Sam, wenn überhaupt, bist du zu dünn!“
Er hasst sie dafür, dass sie das Falsche sagt. Und sich selbst noch mehr, weil er weiß, dass sie nichts dafür kann. „Du verstehst mich nicht“, wird ein leerer Satz, wenn man gar nicht erst versucht, sich zu erklären. Diese Erkenntnis nimmt Sam den letzten Wind aus den Segeln.
Zara schreibt: „Ich muss los, wir reden später!“ Sam kann nur nicken. Vier müde Schritte zu seinem Bett. Ein Kampf gegen die Schwerkraft, den er fast nicht gewinnen kann.
„Ich muss aufhören, mich selbst zu umarmen“, denkt sich Sam. „Puff und weg.“

Zara

Mit Schokolade in der Hand und einer Liste an potenziellen Filmen auf ihrem Handy läutet Zara und hofft, dass die Aktion ähnlich gut funktioniert, wie vor einer Woche. Einziger Unterschied ist, dass sie einen Pyjama dabeihat und nicht so nervös ist. Das dauert beim Josef wahrscheinlich beides noch ein bisschen. Miriam macht selbst auf und ist schon wieder so gesund, dass sie sich in Decken gekuschelt auf die Hollywoodschaukel im Garten setzen dürfen. Zum Letzte-Sonne-Tanken, bevor der Winter endgültig da ist.

„Wie wars gestern?"

„Nein nein nein, wie wars bei dir gestern?", unterbricht Zara und nimmt ihre Hand. Kurz setzt Miriam an, um zu widersprechen, aber dann lächelt sie und drückt zurück.

„Also. Ziemlich aufregend. Stell dir vor, du bist zu müde zum Aufs-Klo-Gehen und trinkst aber jede Stunde mindestens siebenunddreißig Liter Tee. Fast schon Extremsport. Furchtbar. Und bei dir?"

„Aach, ja. Gestern. Eigentlich ziemlich langweilig. Wir sind zwei Stunden einfach gesessen und haben gar nichts gesagt."

Zara versucht, traurig zu schauen, aber es klappt nicht. Miriam braucht ein paar Sekunden, bis sie es checkt, aber dann grinst sie auch und pikst Zara zwischen die Rippen.

„Jetzt. Sag. Schon. Was. War. Danach?"

„Danach hat er gestanden, dass er keinen Fußball mag. Und danach hab ich ihn geküsst!"

„Skandal!", ruft Miriam.

Und dann ist sie die beste Freundin, die man sich wünschen kann. Sie weiß genau, was sie fragen muss und wann sie lachen darf und sie kritisiert nicht einmal, dass Zara in Jeans und Shirt zum Date gegangen ist. Nur zum Schluss, den Kopf wieder weggedreht und die Augen wegen der Sonne geschlossen, seufzt Miriam und sagt: „Zara Pataky, du bringst mein Rollenbild ganz schön ins Wanken."

„Ich bin nicht so das Bilderbuchmädchen, hm?", antwortet Zara mehr als Scherz, aber sie spürt auch ein klein wenig die Zweifel in ihrem Bauch. Was, wenn der Josef auch so denkt wie Miriam?

„Achtung. Kalenderspruch! Ich glaube, in Wirklichkeit bist du DAS Bilderbuchmädchen. Mindestens so wie ich. Und alle anderen Mädchen der Welt. Und Jungs auch. Alles Bilderbuchmädchen. Sogar der Demler."
„Stop stop stop", sagt Zara lachend und denkt sich, es wäre schön, wenn Miriam recht hätte. Zumindest mit dem ersten Teil.

Sam

In einer Woche kann man ganz schön viel machen.
Man kann:

- Sich daran gewöhnen, dass Paula neben einem sitzt und nicht Sophia.
- Kein Wort mit Sophia reden. (schlecht)
- Kein Wort mit Christopher reden. (gut)
- Viermal das Mittagessen auslassen.
- Derartigen Hunger bekommen, dass man am fünften Tag so viel Junkfood in sich reinstopft wie zehnmal Mittagessen.
- Eine Befreiung für drei Wochen Schulschwimmen kriegen.
- Jemanden vermissen, den man jeden Tag sieht. (Zara)
- Zunehmen statt abnehmen.
- Sich eklig finden.
- Jeden Abend bei seinen Eltern in der Küche hocken.
- Sie beim Lachen beobachten.
- Mitlachen, obwohl man eigentlich weinen will.
- Nicht ansprechen, worüber man eigentlich dringend mit ihnen reden müsste.

Zara

An der Decke des Klassenzimmers kleben unzählige, mit Spucke zusammengepappte Papierkügelchen. Jede Woche werden es mehr, obwohl auch immer wieder ein Papierkügelchen nach unten fällt. So wie jetzt gerade. Direkt auf den Kopf vom Josef. Zara hat es genau gesehen, und obwohl die Papierkügelchen eines der ekligsten Dinge sind, die sie sich vorstellen kann, würde es ihr überhaupt nichts ausmachen, aufzustehen und die Kügelchen aus den weichen Kaktushaaren zu holen. So schlimm steht es um sie.

Sam

„Aufwachen!" „Aufwachen!" „Aufwachen!"
Sam blinzelt und schaut in drei Paar Augen, die viel zu weit offen sind für diese Uhrzeit. Er riecht Kaffee und Gewürznelken, und dann riecht er plötzlich gar nichts mehr, weil er eine feuchte Hundezunge in der Nase hat.
„Grindkäfer", murmelt er und schiebt Tante Ulli vom Bett, aber seine Eltern lachen und setzen sie wieder zurück auf seine Brust. Sam legt sich eine Hand über die Augen und versucht, alles auszublenden, aber es hilft nichts mehr. Er ist wach.
Wenn es einen Tag gibt, an dem seine Eltern noch anstrengender sind als sonst, dann ist das heute.
„Wir sagen euch an, eine fröhliche Zeit", stimmt sein Vater an.
„Machet Klein-Sam die Wege bereit", fällt seine Mutter ein.
Dann schnappen sie links und rechts jeweils einen Arm und ziehen Sam aus dem Bett in Richtung Küche.
„Freut euch ihr Frösche. Freuet euch sehr. Der Sack ist sicher nicht leer." Sie singen aus voller Kehle, und Tante Ulli beginnt zu jaulen. Der Reim war schon schlecht, als Sam noch ein Kind war. Er rollt mit den Augen, aber ein bisschen fühlt es sich auch warm an in seinem Bauch. Wie eine Umarmung von innen.
„Du machst den Anfang!", sagt sein Vater.
„Wie immer!"
Lächelnd schieben sie ihn vor die Wand neben dem Sofa und beziehen hinter ihm Stellung. Dezember kommt immer viel zu

schnell, und Sam fragt sich, wie oft sie das noch machen können, bevor es zu kindisch wird. Ein Teil von ihm will, dass sie nie aufhören müssen.
Das Ritual geht so. Es gibt einen Adventskalender, den seine Eltern befüllen. Und jeden Tag darf eine andere Person ein Säckchen aufmachen. Dreimal ist Tante Ulli dran.
Sam öffnet die Nummer eins und findet einen Gutschein zum Kleidung Shoppen. Sofort spürt er den Kloß im Hals wieder größer werden. Das letzte Mal, als er gemeinsam mit seinen Eltern einkaufen war, hat in einem mittleren Fiasko geendet. Alle waren frustriert, Sam sind die Tränen runtergelaufen, und er hatte nichts als Notlösungen in seiner Tasche. Darauf hat er wirklich keine Lust. Aber dann sagt seine Mutter: „Damit du dir was Schönes aussuchen kannst! Wir kommen auch nicht mit."
„Außer, du willst, dass wir mitkommen."
„Was du wirklich nicht musst!"
„Wir haben auch gar keinen Gutschein."
„Eben."
„Danke", sagt Sam. Und dann lächelt er. So richtig. Denn er hat eine Idee.

Zara

Während Zara weiterhin den Josef von hinten beobachtet, ertappt sie sich dabei zu hoffen, dass es ihn nicht stört, wie gerne sie Fußball mag. Was ein riesiger Blödsinn ist, denn sie stört es ja im Gegenzug auch nicht, dass er selbst überhaupt kein Fan ist. Aber die Sache mit dem Bilderbuchmädchen geht ihr einfach nicht aus dem Kopf.
„Miriam!", flüstert sie. „Ich versteh nicht, wer sich so etwas überhaupt ausdenkt. Dass es Mädchensport geben soll und Jungensport."
Miriam hebt fragend eine Augenbraue.

„Fußball zum Beispiel. In den USA spielen viel mehr Mädchen als Jungs und bei uns ist es umgekehrt, aber eigentlich sollte das doch keinen Unterschied machen. Alle, die Fußball mögen, sollen einfach spielen. Ohne, dass sie plötzlich irgendwelche unnötigen Selbstzweifel haben müssen."
„Hast du Selbstzweifel?"
„Ich habe Zweifel am System. Ich will, dass alle gut finden können, was sie gut finden, unabhängig davon, wer sie sind oder wer das sonst mag oder nicht mag."
„Was, wenn der Josef gern auf einem rosa Pony durch die Welt reiten möchte?", fragt Miriam.
„Dann soll er das bitteschön machen!", entgegnet Zara.
Aber als sie ihn in der Pause darauf anspricht und er antwortet, dass er mit rosa Ponys nicht so viel am Hut hat, ist sie doch etwas erleichtert. Was sie wiederum ärgert, weil es ja eigentlich völlig in Ordnung sein sollte.
„Du kannst ruhig alle Arten von Ponys mögen!", sagt sie ihm, und er schaut sie schon wieder so komisch an, dass sie ihn schnell küssen muss.

Sam

Vier Säckchen für seine Mutter, vier Säckchen für seinen Vater und eines für Tante Ulli. Dafür ist Sam jetzt zuständig, darauf haben sie sich nach seinem Vorschlag geeinigt. Mit glasigen „Unser Kind wird erwachsen und übernimmt Verantwortung"-Augen. Sam hat sich nur gedacht: „Wenn ihr wüsstet, was ich vorhabe. Wenn ihr wüsstet ..."

Zara

Offensichtlich mag Josef überhaupt sehr wenig. Zum Beispiel auch keinen Kaffee. Oder Tee. Keinen Punsch. Oder zumindest

Kakao. Mag er alles nicht. Gar keine Heißgetränke. Das findet er komisch. Das erinnert ihn zu sehr an Essen. Und das ist jetzt zwar wirklich nicht so schlimm, aber ein kleiner Dämpfer ist es schon für Zaras lebenslangen gemeinsamen Kaffee-Trink-Plan. „Ich mag dich dafür", sagt der Josef dann aber ganz plötzlich. Schüchtern. Und Zara denkt sich: „Ja gut", und dass sie ja auch Cola trinken können oder so.

Sam

Vollbepackt mit Taschen steht Sam im Einkaufszentrum und schaut auf sein Handy. Kauknochen für Tante Ulli. Allerhand unterschiedliches Zeug für seine Eltern. Er hat alles abgehakt. Es fehlt nur noch der Erste-Dezember-Kleidergutschein in seiner Jacke. Sam lässt seinen Blick über die Liste an verschiedenen Geschäften wandern und entscheidet sich für eines, in dem er noch nie war.
Mit weichen Knien steht er vor den automatischen Türen, die dreimal auf und zu gehen, ohne dass er einen Schritt nach vorne macht. Er denkt an Zara. Und dann geht er einfach durch.
Etwas anzuprobieren ist zu viel für heute, und beim Bezahlen gibt er nur den Gutschein her und sagt kein Wort. Er spürt, wie ihm der Schweiß den Rücken hinunterrinnt. Sein Gesicht ist sicher voller roter Flecken. Sam fühlt sich, als könne jeden Moment die Polizei kommen und ihn abführen, weil er hier offensichtlich nicht hergehört. Aber den Kassierer scheint das alles nicht weiter zu wundern. Er nickt ihm sogar freundlich zu.
Mit einer Tasche mehr auf dem Arm kommt Sam erschöpft und stolz zugleich aus dem Geschäft.

Zara

Zara steht am Fenster und beobachtet Sam gegenüber dabei, wie er vor dem Spiegel steht und weint. Sie wollte ihm nicht wieder heimlich zusehen. Das passierte einfach. Sie hatte sich am Nachmittag hingelegt, und nachdem es einfach schon viel zu früh dunkel wird, konnte er nicht wissen dass sie da ist. Und dann hatte sie ihn entdeckt und das Licht nicht gleich angemacht. Und jetzt kann sie nicht mehr wegschauen. Zara hat das Gefühl, sie könnte mit ihm weinen. Sie hat ihre frühabendlichen Gespräche während der letzten Tage total genossen. Vor allem jetzt, wo sein Schreibtisch zu ihr gedreht ist. Es waren nie irgendwelche tiefsinnigen Unterhaltungen, aber so:

„Ich mach gerade die Matheaufgabe. Und du?"

„Sollte ich machen. Aber ich schau lieber Videos. Gib mal ‚Come Dance With Us' ein."

Es fühlte sich normal an. Entspannt. Und ihr ging es so gut, dass sie vergaß, dass das nicht unbedingt auch auf ihn zutreffen muss.

„Sam", flüstert sie. „Was ist los mit dir?"

Seine langen, dünnen Beine sind nackt, und oben trägt er ein viel zu großes Hemd, in dem er fast zur Gänze untergeht. Mit jedem Schluchzen scheint er ein wenig mehr in dem dunklen Stoff zu verschwinden.

„Nie und nimmer darf der abnehmen", denkt Zara, und plötzlich hat sie Angst um ihn.

Sam

Er sitzt in der Schule und will, dass die Zeit stehen bleibt. Dass die Stunde nie anfängt. Dass einfach nichts mehr passiert. Er will bis an sein Lebensende Paula zuhören, wie sie belangloses Zeug plappert und ignorieren, dass heute vielleicht noch die Welt untergeht.

Zara

„Was, Josef will abnehmen?"
„Nein!"
„Du?"
„Nein Nein Nein!"
Sie wusste gleich, dass es eine schlechte Idee sein würde, Miriam zu fragen. Sie kann nur um den heißen Brei herumreden. Es gibt mittlerweile zu viele Geheimnisse zwischen ihnen und mit jedem weiteren Tag wird es unmöglicher, über Sam zu reden, aber sie schafft es einfach nicht.
Sam. Mittlerweile hat sie richtig Angst. Sie hätte schon längst etwas unternehmen müssen. Vor Wochen schon. Als ob einen ein Antipode und eine Ex-beste-Freundin allein so unglücklich machen können. Das war naiv von ihr. Zara ist fast so weit, dass sie wieder zum Demler geht und den um Rat fragt, aber dann ist ihr das doch zu peinlich. Sie weiß ja auch gar nicht, was wirklich los ist.
Als es läutet, sieht sie, wie der Josef ihren Blick sucht und auf sie zugeht, und es macht Zara traurig, aber sie hat keine Sekunde zu verlieren. Sie springt auf, ruft Miriam und Josef nur ein kurzes „Tschau" zu und läuft zum früheren Bus, als ginge es um ihr Leben.

Sam

Das Gute an Paula ist, dass sie es ihm nicht übel nimmt, wenn er nur spärlich antwortet. Es reicht, wenn er nickt und ab und zu ein Wort sagt. Nach außen ist er ganz ruhig. Aber in ihm drinnen ist ein Orkan. Ein Weltuntergangsorkan. Zuerst wollte er den Zettel in das Säckchen vom Vierundzwanzigsten geben. So weit weg, wie es nur geht. Aber Weihnachten ist vielleicht nicht der richtige Tag für so was. Ziemlich sicher sogar.
„Da haben wir die Bescherung", hört er seine Eltern sagen. Au-

ßerdem sind es noch drei Wochen bis Weihnachten, und so lange will er in Wirklichkeit gar nicht warten. Wollte er nicht warten. Jetzt schon. Jetzt könnte er so lange warten, bis die Welt wirklich untergeht. Ohne sein Zutun.
Wenn er jetzt nach Hause fährt, ist er vielleicht noch vor seinem Vater da. Dann könnte er den Zettel noch austauschen. Irgendeine nette Notiz stattdessen in das Säckchen legen. „Lieber Papa, hab eine gute Adventszeit. Ich freue mich, dass es dich gibt." Und vielleicht eine Mandarine dazu. Aber Sam macht nichts dergleichen. Er bleibt sitzen. Und der Zeiger auf der großen Uhr über der Tafel wandert immer weiter. Bis es zu spät ist.

Zara

Er ist noch nicht zu Hause. Seine Eltern sind schon zu Hause. Er kommt sicher auch gleich. Sam kommt sicher gleich nach Hause. Mit der Nase am kalten Fenster zählt Zara die Sekunden.

Sam

Der Bus fährt ab und Sam schaut zu, wie er immer kleiner wird und dann um die Ecke verschwindet. Sam zittert, aber eigentlich ist ihm gar nicht kalt. In zwanzig Minuten kommt der nächste Bus. Noch bevor der an der Haltestelle stehen bleibt, steht Sam auf und geht los. Einfach in irgendeine Richtung.

Zara

Ihre Mutter ruft zum dritten Mal, dass das Essen fertig ist. Zara hört Schritte. Und schon klopft es an der Tür.
„Ich komme sofort!", schreit Zara und bringt dann fast keinen Bissen hinunter. Sam ist wahrscheinlich einfach bei einem Freund. Oder einkaufen. Oder länger in der Schule. Oder oder

oder. Es gibt keinen Grund, warum genau heute etwas passieren sollte. Keinen Grund, wieso sie plötzlich solche Angst um ihn haben sollte. Gleichzeitig hat sie das Gefühl, sie hätte schon längst Angst um ihn haben müssen.
„Was ist denn los?“, fragt ihre Mutter.
„Nichts!“, schnappt Zara, und sofort tut es ihr leid.
„Hat es was mit dem ...?“
„Nein! Nein, es hat nichts mit dem Josef zu tun!“
Sie erntet einen skeptischen Blick, und ihre Mutter schaut so, als würde gleich ein besorgtes Gespräch kommen, das der Sache auf den Grund gehen soll. Aber Zara kann jetzt nicht darüber reden. Sie muss so schnell wie möglich wieder in ihr Zimmer, um da zu sein, wenn Sam nach Hause kommt. Vielleicht ist er inzwischen sogar schon da.
„Es hat wirklich nichts mit dem Josef zu tun. Ich hab nur so einen Stress in der Schule gerade. Ist es okay, wenn ich lernen gehe?“
Zara fragt sich, wann Lügen so einfach geworden ist, und warum sie trotzdem immer noch so schlecht darin ist. Ihre Mutter schaut sie nach wie vor skeptisch an. Scheiß-Mutter-Intuition. Die funktioniert viel zu gut.
„Okay, Mama. Ich kanns dir gerade nicht erzählen, aber bei mir ist alles gut! Ich muss nur bitte jetzt in mein Zimmer gehen. Ich bringe dafür den Josef diese Woche zum Essen mit, ja!?“
„Mist Mist Mist“, denkt sich Zara, als ihre Mutter nickt und zu lächeln beginnt. „Verdammter Mist!“
Dann saust sie wieder in ihr Zimmer.

Sam

Inzwischen ist Sam doch kalt. Er hat keine Ahnung, wo er ist. Wohnhaus reiht sich an Wohnhaus. Dazwischen ein hellgrauer Streifen am Horizont, der immer schneller die Farbe der Nacht annimmt. Alle dreißig Sekunden wird Sam kurz schlecht, wenn er auf sein Handy schaut, aber das Display bleibt leer. Keine neuen Nachrichten. Seine Eltern sind schon längst zu Hause.

Zara

Sams Eltern sitzen seelenruhig am Esstisch. Trinken ein Glas Wein und halten Händchen. Zara versteht die Welt nicht mehr. Wie können die so entspannt sein, wenn ihr Sohn verschwunden ist?

Sam

Er will das Handy gerade wieder zurück in die Tasche stecken, als es plötzlich vibriert. Eine Nachricht von seiner Mutter. Kurz stellt sich Sam vor, wie er das Telefon weit in den nächsten Busch pfeffert und einfach nie wieder nach Hause geht. Dann schluckt er und drückt auf „öffnen“.

Zara

Dass seine Eltern so entspannt sind, sollte eigentlich ein gutes Zeichen sein, aber sie wird trotzdem dieses blöde Gefühl im Bauch nicht los.

Sam

„Wann kommst du? Warten mit dem Kalender auf dich!!!!! :-) :-) :-) :-) :-)“
Sam muss lachen und weinen zugleich.

Zara

Am liebsten würde sie rübergehen. Und seine Eltern würden sagen: „Ach ja, der. Der schläft heute bei Sophia, mit der er sich jetzt wieder blendend versteht, unser glückliches Kind." Wenn sie Sherlock Holmes wäre, würde sie einfach hinübergehen. Falsch. Wenn sie Sherlock Holmes wäre, wüsste sie schon längst, was eigentlich los ist.

Sam

Er könnte jetzt nach Hause fahren und einfach sagen, er müsse doch noch etwas austauschen. Ihm sei etwas Falsches in das heutige Säckchen gerutscht. Kann passieren. Aber stattdessen schreibt er: „Macht den Kalender bitte schon ohne mich auf! :)" und drückt auf „senden".
Dann setzt er sich auf eine Parkbank, die Kapuze über den Ohren, und umarmt sich, so fest er kann. Puff und weg. Puff und weg.

Zara

Plötzlich kommt Leben in die Sache da drüben. Sie weiß nicht, ob das jetzt ein gutes oder ein schlechtes Zeichen ist. Sie hält diese Ungewissheit einfach überhaupt nicht mehr aus.

Sam

Inzwischen ist es stockfinster. Seine Eltern haben nicht wieder zurückgeschrieben. Er ist immer noch da. Sam denkt sich: „Ich will nach Hause", aber er ist nicht sicher, wo das ist.

Zara

Auf Zehenspitzen schleicht Zara ins Vorzimmer und schlüpft in ihre Turnschuhe.
„Ich geh noch mal raus!", ruft sie und schließt die Tür schnell hinter sich, bevor ihre Mutter intervenieren kann.

Sam

Plötzlich läutet sein Handy Sturm. Sam starrt abwechselnd auf ein Foto von seinem Vater und ein Foto von seiner Mutter. Seine Hände zittern.

Zara

„Was machst du????", schreibt ihre Mutter.
„Ich brauch noch ein bisschen Luft! :)", antwortet Zara.
Der Weg bis zum Haustor ist einfach, aber dann bleibt ihr Finger unschlüssig über den ganzen Namensschildern hängen. Sie hat keine Ahnung, wo sie läuten soll.

Sam

„Wo bist du???"
„Komm nach Hause!!!"
„Sam, wo bist du?"
„Wir haben dich lieb!"

Zara

Er wohnt im dritten Stock. Es muss also eine mittlere Nummer sein. Eher im höheren Bereich. Als sie klein war, haben sie und Miriam zum Spaß bei irgendwelchen Wohnungen geläutet und sind weggelaufen. Wie wahrscheinlich alle Kinder. Mit Bäuchen, die wehtun vor lauter Lachen, obwohl eigentlich gar nichts passiert ist. Wie hat etwas so Leichtes so schwer werden können? Zara beginnt ganz oben und drückt der Reihe nach auf alle Knöpfe. Sie darf nicht weglaufen.

Sam

„Oh Mann, Sam, wo bist du? Deine Eltern machen sich Sorgen. Lass den Scheiß!“
Es tut gut, von Sophia zu hören, auch wenn sie sauer ist. Er beginnt zu tippen, dass er es nicht weiß, aber seine Finger zittern so stark, dass er immer wieder auf die falschen Buchstaben drückt.

Zara

„Hallo?“ Eine ältere Frauenstimme, die gar nicht zu Sams Mutter passen will. Ganz sicher die falsche Wohnung, aber vielleicht klappt es trotzdem.
„Könnten Sie mich hineinlassen?“, fragt Zara.
„Wer ist da?“
„Ich hab meinen Schlüssel verloren!“
Schweigen am anderen Ende.

Sam

Er hat das Tippen aufgegeben und schickt Sophia seinen Standort in einer Nachricht.
„Bleib, wo du bist!“, schreibt Sophia.
Sam lässt das Handy neben sich fallen und bemüht sich mit all seiner Kraft, sitzen zu bleiben.

Zara

Die Tür summt und Zara will sie gerade öffnen, da kommen ihr zwei Menschen entgegen. Viel zu hastig. Sie kann gerade noch zur Seite ausweichen. Ein kleiner weißer Hund schnüffelt an ihr, und die Person am anderen Ende der Leine zieht ihn mit einem Ruck weiter. Kurz treffen sich ihre Blicke und Zara hat das Gefühl, alles passiere in Zeitlupe, obwohl es in Wirklichkeit ganz schnell geht. Sie sagt leise: „Hallo", aber bis das Wort ihren Mund ganz verlassen hat, sind Sams Eltern bereits um die Ecke verschwunden.

Sam

Es ist einfach viel zu kalt.

Zara

Zara setzt sich in den Hauseingang, um zu warten, aber der Boden ist wie Eis unter ihrem Hintern. Sie hätte ihren Mantel anziehen sollen! Sie steht wieder auf und lässt den Blick über die Hausfront gleiten. Hinter den meisten Fenstern brennt Licht. Vielleicht sind Wohnungen und Häuser so wie Menschen. Von außen glaubt man, es sei alles in Ordnung, und in den warmen Wohnzimmern ließe es sich gut leben, aber in Wirklichkeit stimmt das überhaupt nicht. In ihrem eigenen Zimmer brennt auch Licht. Sie kann nur die Decke sehen und eine Ecke von einem Poster, mit der Lichterkette darüber, die sie einmal von Miriam bekommen hat. Es schaut gemütlich aus, dabei ist das Zimmer in Wirklichkeit leer. Sie fragt sich, was Sam über sie denkt. Was irgendwer über sie denkt, wenn er sie bloß sieht. Und dass es wahrscheinlich nie auch nur annähernd mit dem übereinstimmt, wie es innen drin ausschaut. Zara hofft, wie sie noch nie etwas gehofft hat, dass mit Sam alles okay ist.

Sam

Wenn er noch länger hier sitzt, kann er vielleicht einfach erfrieren. Angeblich wird es irgendwann angenehm warm, wenn man den schlimmsten Teil überstanden hat. Sam will nicht sterben. Auf einmal spürt er eine feuchte Hundenase an seinen klammen Fingern. Tante Ulli springt an ihm hoch und wedelt wie verrückt. Sie hat keine Ahnung. Das alles ist ihr total egal, sie freut sich einfach nur, ihn zu sehen. Sam beginnt zu weinen. Und plötzlich ist da nicht nur Tante Ulli, sondern sind da auch zwei Paar Arme, die ihn festhalten und vertraute Stimmen, die sagen, dass es okay ist. Dass er keine Angst zu haben braucht. Sam muss noch stärker weinen, und er spürt gleichzeitig, wie sich langsam wieder Wärme in ihm ausbreitet. Vielleicht kann er den schlimmsten Teil überstehen, ohne dass es das Ende bedeutet.

Zara

„Wo bleibst du???", schreibt ihre Mutter, und Zara ist dankbar für die Nachricht. Sie wollte gerne durchhalten. Für Sam. Aber ihr ist arschkalt und sie hat Angst und fühlt sich allein.

Als sie die Wohnung betritt, steht ihre Mutter bereits im Vorzimmer und wartet.

„Alles okay?", fragt sie. Zara nickt und schüttelt den Kopf und beginnt dann zu weinen.

„Du kannst über alles mit mir reden, das weißt du, ja?"

„Ich weiß", sagt Zara, obwohl sie weiß, dass das nicht stimmt. Nicht mehr. Sie holt sich eine Umarmung ab und bezieht dann wieder Stellung an ihrem Fenster.

Eine Stunde vergeht, in der Zara überhaupt nichts schafft, außer nervös zu sein. Sie liest dieselbe Seite circa fünf Mal und schreibt Josef, nur um ihm dann kurz darauf zu antworten, dass sie zu müde ist und schlafen geht.

„Bis morgen <3", schreibt Josef.

„Bis morgen <3!“, antwortet Zara und denkt an Sam Sam Sam. Um 22:47 Uhr geht drüben das Licht an und eins, zwei, drei Personen und ein Hund betreten die Wohnung. Zara seufzt sich die ganze Welt von den Schultern und sinkt zurück in ihren Schreibtischsessel. Sie beobachtet, wie die drei sich an den Esstisch setzen und etwas aus Tassen trinken. Sam hat eine Decke über den Schultern und den rattigen Hund auf dem Schoß. Zara wollte eigentlich warten und noch mit ihm reden, aber sie fühlt sich plötzlich so unendlich müde, dass sie keine Sekunde länger wach bleiben kann. Sie hatte keine Ahnung wie anstrengend es ist, sich Sorgen zu machen.

Sam

Sams Eltern haben sich freigenommen und auch er muss heute nicht in die Schule. Jetzt sitzen sie bei einem späten Frühstück, mit dem offenen Laptop auf dem Tisch und die Eltern reden nicht viel miteinander, sondern hauptsächlich mit Sam. Sie haben kein Skript und auch keine Souffleuse, deswegen wissen nicht immer alle, wie der nächste Satz geht oder jemand sagt etwas Falsches, aber selbst das ist eigentlich gar nicht so schlimm, weil es kein Publikum gibt und alle Zeit der Welt, um die richtigen Worte zu finden.

Zara

Das mit den Vorsätzen macht man ja normalerweise erst zu Neujahr, aber Zara fängt lieber jetzt schon an. Sams Bergbesteigungen fallen ihr ein und sie beschließt, sich ein Beispiel zu nehmen und mit dem kleinsten Hügel anzufangen. Wobei, wenn sie ehrlich zu sich ist, muss sie da gar nicht hinauf, sondern eher hinunter. Auf einem Schlitten. Mit ein bisschen Aufregung im Bauch, aber nicht sonderlich anstrengend. Es ist immer noch

unwirklich für sie, dass sie einfach so mit dem Josef reden kann und er sich sogar freut, wenn sie ihn fragt, ob er zum Essen kommen will.
Der zweite Vorsatz ist mehr wie Weitwandern, da braucht sie noch eine Weile, bis sie am Ziel ist. Sie will Miriam gern von Sam erzählen. Beste Freundinnen haben verdient, dass sie wissen, wie es in einem drinnen ausschaut. Das hat sie gestern beschlossen. Sie muss sich nur noch eine Variante ausdenken, bei der Miriam ihr nicht den Kopf abreißt, weil sie so lange verschwiegen hat, dass es da einen neuen Menschen gibt in ihrem Leben. Und dass dieser neue Mensch in Wirklichkeit schuld daran ist, dass sich die beiden Kreise in ihrem Venn-Diagramm mittlerweile zumindest ein bisschen überschneiden.
Der dritte Vorsatz ist ihr ebenfalls gestern bewusst geworden. Für den braucht sie Sam.

Sam

„Alles in Ordnung???????", schreibt Zara und Sam antwortet „JA" und meint es sogar so. Zumindest mehr als fünfzig Prozent. Das ist neu und gut.
„Sam", hält Zara ins Fenster und er sieht, dass sie unsicher ist. Sie lässt sich mehr Zeit mit den Zetteln. Normalerweise presst Zara die Blätter fast zu übermütig gegen das Glas. Wie ein Welpe. Heute sind ihre Bewegungen langsamer, und sie schaut ihn zwar an, aber ihm kommt vor, mehr von der Seite. Sam wird selbst nervös.
„Ich hab mir gedacht", schreibt sie.
„Ich würde dich gerne treffen!
So in echt.
Was sagst du?"

Zara

Er überlegt viel zu lange. Das ist ein schlechtes Zeichen, und Zara bearbeitet ihre Unterlippe schon wieder wie einen Kaugummi. Als Sam dann endlich zu schreiben beginnt, hält sie es fast nicht mehr aus vor Neugierde auf seine Antwort.
„Gern", hält er gegen die Scheibe und ihr Herz springt, aber dann liest sie weiter.
„Nur noch nicht jetzt.
Ich brauch noch ein bisschen.
Ist das okay?"
Zara ist enttäuscht.
„Wieso?"
„Ich hab Angst", schreibt Sam.
„Wieso?", fragt Zara.
„Ich will dich nicht verlieren!"
Zara denkt sich: „Ja, ich dich auch nicht, deswegen will ich dich gern sehen!", aber irgendwie versteht sie ihn auch. Sie muss Geduld haben.
„Passt das?", fragt Sam.
„Mhm! :)", schreibt sie zurück.

Sam

„Ich hab für übermorgen einen Termin bekommen!", sagt seine Mutter und lächelt so, wie man lächelt, wenn man jemandem Mut machen möchte. Ihm und wahrscheinlich auch ein bisschen ihr selbst. Sam ist unglaublich froh, dass er ausnahmsweise einmal nicht alleine in ein Problemzonenbesprechungszimmer muss.

Zara

„Duu, ich will dir was sagen!“, murmelt Zara und bereut den Satz im selben Moment. Keine einzige positive Nachricht auf der ganzen Welt fängt so an.

Miriam wirbelt den Kopf in ihre Richtung und schaut sie mit großen Augen an.

„Sag bloß nicht, dass du in den Weihnachtsferien doch nicht mitkommst!“

Weihnachten. Fünf Tage im Wochenendhaus von Miriams Eltern. Skifahren und so. Natürlich ist sie da nach wie vor dabei, und das sagt sie auch. Miriam ist sichtlich erleichtert.

„Was gibt es dann?“

„Ich ..., der ..., also, der Josef kommt morgen zum Essen!“

„Und?“

„Was, wenn es ihm nicht schmeckt?“

„So ein Blödsinn“, sagt Miriam und lacht. „Du machst dir wegen der unnötigsten Dinge Sorgen!“

Zara denkt sich: „Wenn du wüsstest!“, aber sie zuckt nur entschuldigend mit den Schultern und sagt nichts.

„Deine Mama soll das Curry machen mit den Kichererbsen, das schmeckt so gut!“

„Ja, okay.“

„Jetzt schau nicht so!“, sagt Miriam. „Das ist nicht so schlimm, wie du tust. Der mag das bestimmt und selbst wenn nicht, bringt ihn das schon nicht um. Also, wenn der dich wegen dem Essen von deiner Mama nicht mehr mag, dann war er sowieso eine vollkommene Fehlentscheidung!“

Das weiß Zara alles. Ob dem Josef das Essen schmeckt, ist das Letzte, weswegen sie beunruhigt ist. Das Curry ist wirklich eine gute Idee, das mag sie selbst auch, aber sie sind schon wieder so weit weg von dem, was sie eigentlich sagen wollte, dass es fast lächerlich ist. Zum Haareraufen. Zum Kopfschütteln. Zum Sich-im-Grab-Umdrehen.

„Du bist meine beste Freundin, egal was, oder?“ Fast schüchtern sucht Zara Miriams Blick.
„Sicher! Selbst dann, wenn der riesige unglaubliche Skandal eintritt, dass dem Josef das Curry nicht schmeckt und du ihn trotzdem noch magst.“
Die beiden lachen und Zara hofft, dass Miriam zu ihrem Wort steht.

Sam

Die eine Hälfte von Sam will herumlaufen und Räder schlagen und vor seinen Eltern auf und ab hüpfen, bis endlich Nachmittag ist. Die andere Hälfte will in seinem Bett liegen bleiben, mit der Decke bis zur Nase und sich weiterhin schwer fühlen. Veränderung ist nicht einfach. Sam beobachtet, wie es langsam immer heller wird im Zimmer. Die Wintersonne fällt auf das Bett und taucht seine Beine in kühles Licht. Sein Oberkörper ist noch im Dunkeln.
„Das“, denkt sich Sam, „ist die Geschichte meines Lebens!“
Sam steht auf und entscheidet sich für das Licht. Die Welt ist hell und golden, der Himmel ist blau. Es schaut schön aus. Wie ein guter Tag. Ein guter Tag für einen Neuanfang. Zara steht drüben auf der anderen Seite, und er muss automatisch lächeln. Er zögert nicht lange und schreibt: „Guten Morgen! :)“ Dann öffnet er das Fenster, falls die Scheibe spiegelt, und lässt sich von der eisigen Luft umarmen. Ihm ist kalt, aber nicht unangenehm. Er spürt, wie er munter wird und wie die Vorfreude in ihm über die Angst gewinnt.
Zara schenkt ihm nicht einmal ein „Morgen“ retour, sondern kommt gleich zur Sache. So, als hätte sie schon die ganze Zeit auf ihn gewartet. Hat sie vielleicht auch.
„Über dir
hängt ein Zettel
auf dem steht

42
????????“
Sofort steckt Sam den Kopf aus dem Fenster und blickt nach oben, aber er kann nichts erkennen. Der Zettel ein paar Wohnungen über Zaras Zimmer, auf dem zum Sinn des Lebens „Das Beste daraus machen“ stand, fällt ihm wieder ein und ihm wird bewusst, dass er ihr gar nie davon erzählt hat. Es ist einfach viel zu viel passiert in der letzten Zeit.
„Über dir war letztens auch ein Zettel!“, erklärt er Zara und erzählt, dass er inzwischen schon drei verschiedene „Sinne des Lebens“ gesammelt hat. Sie ist begeistert, aber skeptisch, ob die beiden Nachrichten etwas miteinander zu tun haben.
„42??
Glaubst du wirklich?
Was ist das für ein Sinn?“
„Erdnussbutter?!?!?!“, kontert Sam und hofft, dass sein Schmunzeln bis zu ihr reicht.
„Ja, okay!“, schmollt Zara, aber nur halb.
Sam zieht sein Smartphone aus der Hosentasche und beginnt zu googeln. Zara macht es ihm nach, und fast zeitgleich beginnen sie zu lachen.
„42 also!“
„42!“
Sie zeigen vier und zwei mit den Händen und Sam fühlt sich wie einer von diesen Rappern, nur ungemein uncooler. Aber trotzdem okay. Ein bisschen, als würde er hierher gehören. Als würde das alles Sinn machen.
„Ich muss los!“, schreibt Zara plötzlich. „Wünsch mir Glück!“
„Du mir auch“, denkt sich Sam, aber da ist sie schon weg und das Fenster drüben wieder geschlossen. Sam darf heute noch von der Schule zu Hause bleiben. Er kuschelt sich zurück in sein Bett, das mittlerweile ganz in Sonne getaucht ist und schreibt einen neuen Punkt auf seine noch sehr überschaubare Liste.

4) 42 (the answer to the ultimate question of life, the universe and everything)

Sam denkt sich, dass die Leute erstaunlich unterschiedliche Vorstellungen davon haben, was der Sinn des Lebens ist.

Zara

Sie legt den Kopf auf die Schulter vom Josef und für einen Moment lehnt er seinen Kopf an ihren. Dann blickt er wieder aus dem Fenster. Die Jacke fühlt sich rau an gegen ihre Wange und der Stoff ist zu dick, um die Wärme seines Körpers zu spüren, aber es ist trotzdem schön. Zara streichelt kurz über seinen Arm, ohne, dass er etwas davon merkt. Draußen zieht die Stadt vorbei und die Straßen werden immer vertrauter. Bald sind sie zu Hause.
„Du ...“, beginnt Zara, ohne ihren Kopf zu heben. „Was ist der Sinn des Lebens?“
„Boah, du stellst Fragen. Keine Ahnung! Ist das wichtig?“
„Wahrscheinlich nicht“, antwortet Zara. Obwohl sie sich nicht sicher ist, ob das stimmt. Und sie hat ja selbst auch keine intelligente Antwort, aber irgendwie ist sie trotzdem enttäuscht.
„Was denkst du?“, fragt der Josef.
Zara zuckt mit den Schultern und lehnt den Kopf zurück auf ihren eigenen Sitz.
„Nächste müssen wir raus!“
„Ich glaub ich bin nervös“, sagt Josef dann und schaut an ihr vorbei.
„Musst du nicht sein“, beruhigt ihn Zara. „Sei einfach du selbst! Und tu zumindest so, als ob dir das Essen schmeckt!“ Sie bemüht sich zu lächeln, aber sie ist nicht sicher, ob sie es überzeugend genug schafft. Dann nimmt sie ihn an der Hand und hofft, dass ihre Mutter ihm keine philosophischen Fragen stellt.

Sam

„Vielleicht sollte ich doch zur Tante rausgehen!“ Sams Vater hat den Hintern schon halb in der Luft, aber seine Mutter drückt ihn behutsam wieder zurück auf das lachsfarbene Plastik der Krankenhaussessel.
„Gustav, bleib da! Die hält das schon aus.“
Sein Vater schaut ungefähr so drein, wie Sam sich fühlt, nur dass er selbst sehr viel mehr Recht dazu hat. Findet er zumindest.
„Ich hol uns Kaffee“, beginnt sein Vater erneut und kommt gute zwanzig Zentimeter weiter in Richtung Stehen, bevor er sich wieder geschlagen geben muss.
„Jetzt tu nicht so blöd, wir kommen sicher gleich dran!“, sagt seine Mutter, legt Sams Vater präventiv eine Hand auf das Knie und klammert sich dann plötzlich so sehr an seinem Oberschenkel fest, dass sein Vater „Au!“ sagt und erst recht aufspringt.
„Entschuldigung“, murmelt seine Mutter und schaut zur Seite. Rote Flecken breiten sich auf ihrem Nacken aus, werden immer größer. Sam kann sich nicht erinnern, wann seine Eltern das letzte Mal bei einer Untersuchung waren. Vielleicht ist der Inbegriff des Erwachsenseins gar nicht, dass man alleine hin muss, sondern, dass man sich gar nicht mehr untersuchen lässt, wenn man nicht will. Zum ersten Mal in seinem Leben wird Sam so richtig bewusst, dass auch seine Eltern manchmal Angst haben. Er zieht seinen Vater so sanft wie möglich wieder zurück auf den Sessel und sagt: „Das schaffen wir schon!“
Alle drei werden sie rot und Sam zieht seine Hand schnell wieder zurück.

Zara

Sie hat vielleicht ihren ersten Freund umgebracht. Sie hat verdammt noch einmal vielleicht ihren ersten Freund umgebracht. Fast. Nicht wirklich, hoffentlich. Aber man weiß ja nie. Noch liegt er da drinnen hinter verschlossenen Türen, durch die man nicht gehen darf, was Zara wahnsinnig macht. Wie eine Maus auf Speed läuft Zara den Linoleum-Boden auf und ab und betet zu allen himmlischen Mächten, die ihr einfallen, dass mit Josef alles okay ist.

Wenn „Erdnussbutter“ ernsthaft ihr Sinn des Lebens ist, sind sie definitiv nicht kompatibel. Ausgeschlossen. Dann wäre sie unausweichlich sein Tod.

„Zara, setz dich her“, sagt ihre Mutter sanft, aber sie kann nicht. Sie ist viel zu nervös, um jemals wieder sitzen zu können.

Alles hatte so gut begonnen. Ihre Mutter war lieb. Der Josef war lieb. Sie hatten sich alle gut verstanden. Er hatte das Curry gekostet, „köstlich“ gesagt. Und dann die dümmsten letzten Worte der gesamten Weltgeschichte. Nämlich: „Sind da Erdnüsse drin?“ Gegen Ende des Satzes schon ganz kratzig. Dann hatte er zu husten begonnen. Zaras Mutter hatte „Scheiße“ gesagt und ihm wie besessen auf den Rücken geklopft, aber das hatte überhaupt nichts genützt. Josef hatte irgendetwas geröchelt und war blau angelaufen. Zaras Mutter hatte geschrien: „Schnell, das Heimlich-Manöver!“, mit weit aufgerissenen Augen. Dann hatte sie dreimal tief durchgeatmet und die Rettung gerufen.

Inzwischen weiß Zara, dass das Geröchel ziemlich sicher: „In meinem Rucksack ist ein Epipen“ hieß. Das sagten Josefs Eltern. Wobei, nicht sagten, sondern eher schrien. Wieso er den nicht verwendet habe? Wieso er überhaupt was mit Erdnüssen gegessen habe? Wieso das niemand gewusst habe? Zara steigen sofort wieder Tränen in die Augen, wenn sie daran denkt. Wenn dem Josef etwas passiert, ist sie schuld. Weil sie Miriam nicht ihr blödes Geheimnis erzählt hat, sondern nur um den heißen Brei herumredete, was der Grund war, wieso dann Curry auf dem Tisch landete. Und jetzt stirbt vielleicht der Josef und selbst wenn nicht, redet er sicher nie wieder mit ihr oder er kriegt lebenslanges Kontaktverbot. Oder sie muss ins Gefängnis.

„Zara, beruhige dich!“, hört sie plötzlich die Stimme ihrer Mutter und spürt eine warme Hand auf ihrem Rücken. Erst jetzt wird Zara bewusst, dass sie viel zu schnell atmet. Sie schließt die Augen und lässt sich in den Arm nehmen. Ganz egal, ob da andere Menschen sind, die sehen könnten, dass sie eigentlich schon viel zu alt für so etwas ist. Wenn man seinen ersten Freund fast umbringt, gelten andere Regeln. Ihre Mutter streichelt ihr über den Kopf und Zara weint und weint und weint. Für Josef. Für Miriam. Für Sam. Für sich selbst.
„Schau mal“, sagt ihre Mutter plötzlich sanft, und Zara dreht sich um und sieht aus rot verquollenen Augen zwei Menschen, die ausschauen wie die Eltern vom Josef. Mit jeweils einem Lächeln auf dem Gesicht.
„Er ist über den Berg!“, sagt sein Vater.
„Tut mir leid, das, was wir vorhin gesagt haben, war nicht fair“, sagt seine Mutter und sucht Zaras Blick.
Zaras Mutter lässt einen Arm um ihre Schultern und antwortet: „Gott sei Dank! Schon in Ordnung, wir haben alle Angst um unsere Kinder!“, und schaut die Eltern vom Josef ganz eindringlich an. Zara hat das Gefühl, dass da noch einige weitere Sätze ausgetauscht werden, die sie nicht hören kann. Irgendwann hält sie es nicht mehr aus und es platzt aus ihr heraus: „Kann ich ihn sehen?“
„Er schläft jetzt“, sagt sein Vater. „Ein bisschen später ganz sicher.“
Zara schaut zu ihrer Mutter, die nickt. Dann beschließen die Erwachsenen, in der Krankenhauskantine auf das Überleben vom Josef anzustoßen, aber Zara ist immer noch zu nervös, um an einem Tisch sitzen zu bleiben. Sie fühlt sich zwar hundert Kilogramm leichter, aber jetzt hat sie Angst, wie der Josef reagieren wird, wenn sie sich wiedersehen. Außerdem packt sie das erste Essen mit den Schwiegereltern unter solchen Umständen gerade überhaupt nicht. Das ist wie ein schlechter Traum.
„Ich geh lieber noch eine Runde“, sagt sie und muss ihrer Mutter mehrfach versichern, dass ihr Telefon auf jeden Fall noch genug

Akku hat, bevor sie aufbricht, um das endlose Labyrinth aus Krankenhausgängen zu erkunden.

Sam

Alle anderen Menschen hier glauben garantiert, dass der blasse Mann in der Mitte der mit dem Problem ist, oder die rot gefleckte Frau daneben, auf jeden Fall nicht Sam. Vielleicht ist es das, was es so schwierig macht. Man sieht es ihm nicht an, und was man nicht sieht, will man nicht glauben. Einmal mehr hätte Sam gerne ein Messsystem für Gefühle. Wenn er drei Wünsche frei hätte, wäre das einer davon. Alle Menschen sollen auf der Stirn stehen haben, was gerade in ihrem Inneren passiert. Sein Vater hat eine blasse Stirn und drei kleine Schweißperlen in ihrer Mitte. Seine Mutter hat tiefere Falten zwischen den Augenbrauen als sonst und Röteln oder so etwas. Vielleicht muss man einfach genauer schauen.

Zara

Wie angewurzelt bleibt Zara stehen. In dem Gang vor ihr sitzen Sam und seine Eltern. Sie aktiviert ihre Superheldinnenkraft und verschwindet lautlos hinter dem Kaffeeautomaten, bevor jemand aufschauen und sie entdecken kann. Dann schielt sie vorsichtig um die Ecke. Sam hat die Ärmel über seine Hände gezogen und die Knie zusammengepresst. Sein Vater schwitzt und seine Mutter schaut, als ob sie eine Lehrerin, die sie hasst, trotzdem anlächeln müsste. Zara überlegt, ob sie hingehen und etwas sagen soll, aber sie traut sich nicht. Nicht nach dem letzten Mal. Außerdem schwebt so eine Wolke an Leichenstimmung über ihnen, dass sie da lieber nicht hineinplatzen will. Alle drei starren gebannt auf die Tür vor ihnen. Wie so viele Leute hier. Türen, hinter denen die schönsten und die schlimmsten Dinge passieren können. Zara fällt auf, dass der rattige Hund nicht dabei ist, und kurz denkt sie, möglicherweise ist dem etwas passiert, aber hier werden nur Menschen behandelt. Und eigentlich ist sie sicher, dass sie wegen Sam hier sind. Auch wenn sie nicht genau sagen kann, warum. Aber vielleicht kann sie jetzt endlich herausfinden, was mit ihm los ist.

Sam

Sam überlegt, wie seine eigene Stirn wohl gerade ausschaut, da öffnet sich die Tür gegenüber und er wird aus seinen Gedanken gerissen. Alle drei springen sie auf, noch bevor die junge Frau seinen Namen ruft. „Hoffentlich zum letzten Mal", denkt sich Sam und geht als Erster durch die Tür.

Zara

Sams Familie ist gerade ins Behandlungszimmer verschwunden, nur, dass die Frau nicht Sam aufgerufen hat, sondern seine Mutter. Zaras Gedanken rasen. Vielleicht ist seine Mutter krank. Daran hat sie noch überhaupt nicht gedacht. Oder er kriegt ein neues Geschwisterchen, auf das er keine Lust hat. Vielleicht ist er deswegen so traurig. Und muss mit seinen Eltern reden. Aber was hat das dann mit dem Abnehmen und dem Vorzeichenfehler zu tun? Sie wird das Gefühl nicht los, dass sie in Wirklichkeit doch wegen Sam hier sind. Ein Teil von Zara will ihr einreden, dass sie sich verhört hat, aber ein größerer Teil weiß, dass das ganz sicher nicht der Fall ist. Dass sie gute Ohren hat und die Stimme klar war und ziemlich unmissverständlich. Es war auf jeden Fall nicht Sam.
Sie verlässt ihre Tarnung und schleicht zur Tür. Leises Gemurmel dringt bis zu ihr durch, aber sie kann keine genauen Wörter ausmachen. Auf dem Schild neben der Tür stehen die Namen

von zwei Ärztinnen und „Ambulanzraum 3“. Sonst nichts. Zara bezieht wieder Stellung hinter dem Kaffeeautomaten und wartet.

Sam

Es wird ein weiter Weg. Das weiß Sam. Aber er weiß auch, dass es leichter wird, je mehr Kilometer man hinter sich hat. Und dass der erste Schritt oft der schwerste ist.
Die Ärztin ist nett und erklärt ihnen in Ruhe alle Möglichkeiten. Dann sagt sie: „Stellen Sie sich vor, Sie haben eine Packung Apfelsaft und eine Packung Orangensaft und der Inhalt ist vertauscht worden. Ist dann da, wo Apfelsaft draufsteht, plötzlich Apfelsaft drin?“ Kollektives Kopfschütteln. „Ganz genau. Auch wenn draußen hundert Prozent naturtrüber Apfelsaft steht, kann in der Packung trotzdem hundert Prozent erntefrischer Orangensaft sein.“
„Und Sie wollen mir sagen, dass wir gedacht haben, Sam wäre Apfelsaft, aber eigentlich besteht ... unser Kind zu hundert Prozent aus erntefrischen Orangen?“, fragt sein Vater. Die Ärztin lächelt und schaut Sam auffordernd an. Er nickt.

Zara

Die drei haben den Raum wieder verlassen und sind zum Glück in die andere Richtung davongegangen. Mit sichtlich weniger Leichenstimmung. Zumindest redet Zara sich das ein. Sie zögert nicht lange, sondern sprintet los und reißt die Tür auf, bevor sie der Mut verlässt.
„Wer war das gerade?“
„Wie bitte?“, fragt die Ärztin und schaut hinter einem großen Schreibtisch auf.
Zara tritt an den Tisch und denkt sich, Sherlock Holmes hat überhaupt keine Angst. Sherlock Holmes tut selbstbewusst und redet Klartext.

„Mein Bruder. Ich glaub, ich bin zu spät. War da gerade mein Bruder? Sam?“
Die Ärztin lächelt und schaut kurz auf ihren Computer.
Zara macht einen weiteren Schritt nach vorne, aber sie kann noch nicht auf den Bildschirm sehen. Einfach nach wie vor so tun, als wäre das alles selbstverständlich und sich nichts anmerken lassen. Sie geht weiter auf die Ärztin zu und schaut ihr dabei die ganze Zeit eindringlich ins Gesicht, um sie abzulenken.
„Was ist denn los mit Sam? Ist alles okay? Ich mache mir solche Sorgen um meinen Bruder!“ Erst als sie direkte Sicht auf den Bildschirm hat, lässt Zara ihren Blick zur Seite gleiten. Da steht der Name, der vorhin aufgerufen wurde und daneben ein Geburtsdatum, das auf gar keinen Fall zu Sams Mutter passt. Sie hat sich also nicht verhört, aber was sie sieht, macht noch viel weniger Sinn.
„Ich denke, das sollte Sam dir selbst erzählen“, unterbricht die Ärztin ihre Gedanken und steht auf. Ihr Lächeln ist schon viel kleiner geworden. „Deine Familie ist gerade erst gegangen, du erwischt sie sicher noch.“
Eine klare Einladung zu gehen.
Zara ruft noch „Danke“, und läuft, so schnell sie kann, den Gang entlang. In die entgegengesetzte Richtung. Zu ihrer Mutter, von der sie fünf Anrufe in Abwesenheit hat, und zu Josef, der vielleicht nie wieder mit ihr reden will, weil sie versucht hat, ihn umzubringen. Sie hat das Gefühl, ihr Kopf ist um hundert Nummern zu klein für alles, was momentan darin herumschwirrt.

Sam

Auf dem Nachhauseweg bleiben sie bei einer Konditorei stehen. „Ich brauch jetzt einen doppelten Espresso“, sagt Sams Vater und verschwindet sofort, nachdem sie einen Sitzplatz gefunden haben, in Richtung Toilette. Er ist nicht mehr so blass, aber seine

Haare sind zerzaust und seine Stirn glänzt. Sam schaut ihm nach. „Der schafft das schon!", sagt seine Mama plötzlich. „Es ist nur gerade ein bisschen viel für uns. Wir müssen uns erst an das alles gewöhnen."
„Ich auch", sagt Sam und streichelt Tante Ulli zu seinen Füßen. „Ich auch."
Als sein Vater zurückkommt, trägt er stolz ein Tablett mit drei Stück Torte vor sich her. In der Mitte steht eine Nuss-Nougat-Schnitte, die Sam am liebsten mag, und darauf steckt eine einzige Spritzkerze, die warmes Licht auf das Gesicht seines Vaters wirft, der mit wackeliger Stimme zu singen beginnt.
„Happy birthday to you, happy birthday to you, happy birthday lieber Saaa-am, happy first birthday to you!"
Seine Mutter stimmt bei der Hälfte des Liedes mit ein und Sam fühlt sich so glücklich, dass er weinen könnte. Er hat das Gefühl, er hat immer noch ein Loch in der Brust, aber vielleicht muss er es gar nicht ganz flicken. Vielleicht kann eine kleine Öffnung auch bleiben, um die schiefen Töne seiner Eltern hineinzulassen. Oder Tante Ullis Winseln, wenn er nach Hause kommt. Oder Paulas belangloses Geplapper, das so viel besser ist, als ein leerer Sessel. Und irgendwann vielleicht auch Zaras Stimme. Die viel tiefer war, als er sich vorgestellt hatte.

Zara

Der Josef sitzt wieder an seinem gewohnten Platz, und von hinten sieht man überhaupt nicht, dass er vorgestern noch fast gestorben wäre. Von vorne schaut er ein wenig blass aus, aber wenn man nicht eingeweiht ist, würde es einem garantiert nicht auffallen. Das macht Zara Angst. Wer weiß, wie viele Menschen um sie herum sonst noch knapp am Tod vorbeigeschrammt sind in den letzten Tagen. Sie muss Nägel mit Köpfen machen und endlich mit Miriam reden. Diesmal hat es fast den Josef erwischt, weil sie sich nicht getraut hat, die Wahrheit zu sagen. Sie sieht ihn immer noch vor sich, wie er in dem Krankenhausbett lag. Er hatte viel kleiner gewirkt als sonst. Zara hatte vorsichtig seine Hand in ihre genommen. Die, die nicht die fiese Infusionsnadel in der Vene stecken hatte. Und er war überhaupt nicht böse gewesen, nur müde. So furchtbar müde und schon lebendig, aber auch noch woanders. Wo sie niemanden haben will, der ihr wichtig ist. Das eine Mal hat ihr gereicht. Zara will auf keinen Fall noch einen Beinahe-Todesfall zu verantworten haben. Außerdem ist sie bis in ihre kleinen Zehen verwirrt und braucht Rat.

„Miriam?" Zaghaft stupst Zara ihre beste Freundin in die Seite.

„Ja?"

„Erinnerst du dich noch an das Spiel, das wir früher gespielt haben? Mit den Lügen?"

Miriam nickt.

„Zwei Lügen. Eine Wahrheit. Es geht los:

1) Ich liebe Spargel und möchte mein ganzes Leben lang nichts anderes essen.
2) Ich hasse den Josef.
3) Gegenüber von mir wohnt ein Junge, und ich kann genau in sein Zimmer schauen und hab ihn beim Weinen beobachtet und dann hab ich ihm eine Nachricht geschrieben und jetzt sind wir irgendwie Freunde geworden, aber ich hab noch nie mit ihm geredet. Also nicht wirklich. Nur über Zettel. Und ich mag ihn total gern. So richtig. Aber irgendwas stimmt nicht mit ihm. Und jetzt bin ich plötzlich draufgekommen, dass er vielleicht gar kein Junge ist, sondern ein Mädchen, was überhaupt keinen Sinn macht, weil er ganz klar ein Junge ist, was mich extremst verwirrt. Ich will ihn nicht verlieren. Und dich auch nicht!"

Alles in Zara schreit danach wegzuschauen. Nach unten. Auf die Seite. Zur Tür. Aufs Klo zu rennen. Kurz zu verschwinden. Aber sie darf nicht. Das hier ist zu wichtig. Sie hält mit aller

Willenskraft, die sie aufbringen kann, ihre Augen offen und blickt Miriam direkt ins Gesicht. Schüchtern, mit einem Funken Hoffnung. Miriam hat ihre braunen Augen weit aufgerissen und man sieht, wie es in ihrem Kopf rattert. Zweimal setzt sie an, um etwas zu sagen, aber sie schließt ihren Mund wieder, bevor ein Wort daraus entkommen kann. Bis auf gelegentliches Blinzeln bleibt ihr Gesicht vollkommen still. Zara bekommt schön langsam Angst, dass ihre beste Freundin aus Schock komplett erstarrt ist, aber dann bewegen sich Miriams Lippen ein drittes Mal und sie sagt ruhig, fast wie zu sich selbst: „Das macht überhaupt keinen Sinn!"
„Sag ich ja", denkt sich Zara. „Sag ich ja!"

Sam

Es ist noch ruhig im Klassenzimmer. Sam schaut aus dem Fenster und beobachtet den Regen. Die Bäume haben ihre Blätter längst dem Winter überlassen und verschwimmen hinter dem Vorhang aus Wasser zu kaltem Grau. Den Zaun kann Sam schon fast nicht mehr erkennen. Aber er weiß, dass dahinter der Sportplatz ist und hinter dem Sportplatz irgendwo sein Zuhause und dahinter die Welt. Und hinter der dichten Wolkendecke ist das Universum mit einem Stern, der Sonne heißt, und auch wenn Sam dabei an die blöden Wartezimmer-Sprüche denken muss, mag er den Gedanken. Er schmeckt nach Hoffnung.
Sophia kommt durch die Tür, die langen Haare in nassen Strähnen vor dem Gesicht. Sie wischt sie auf die Seite und trocknet sich ihre Hände am Handtuch neben dem Waschbecken ab. Erst dann entdeckt sie Sam. Ihr Blick bleibt an seinem hängen, und sie wirkt fast von sich selbst überrascht. Nach kurzem Zögern kommt sie auf ihn zu. Sam freut sich, aber gleichzeitig wäre ihm lieber, wenn sie sich einfach wieder neben den noch leeren Platz von Marie-Louise setzen würde.

Doch Sophia geht weiter, bis sie direkt neben ihm steht. Mit einer Hand auf dem Sessel, der für so lange Zeit ihrer war.
„Hei“, sagt sie. Leiser als sonst. Leiser als mit Marie-Louise.
„Hei“, sagt Sam.
„Ich – alles in Ordnung bei dir?“
Sam nickt.
„Deine Eltern haben mich angerufen. Ich hab mir Sorgen gemacht.“
Er weiß, dass das jetzt der Moment wäre, in dem er sie wieder zurückholen könnte. In dem sie wieder seine beste Freundin werden würde, und nächsten Sommer würden sie wieder gemeinsam Eis essen und Selfies machen und alles wäre gut. Er müsste ihr nur einen Schritt entgegenkommen. Sophias Mut belohnen, der vor seinen Augen immer weniger wird. Sie hält sich an der Lehne fest, bereit, entweder wieder neben ihm Platz zu nehmen oder den Sessel zurück unter den Tisch zu schieben und zu gehen. Je nachdem, wie er reagiert. Aber Sam weiß nicht, was er sagen soll. Er hätte gerne die richtigen Worte, und gleichzeitig ist es ihm total egal. Was ihn traurig macht. Er schaut Sophia an, und auch sie hat glasige Augen.
„Es tut mir leid!“, sagt Sam und meint alles und nichts.
„Mir auch“, sagt Sophia.
In dem Augenblick kommt Paula ins Klassenzimmer. Sie erstarrt, als sie die beiden erblickt, und Sophia zieht instinktiv den Sessel ein Stückchen weiter zu sich. Paula kommt auf sie zu und bleibt dann wieder stehen. Sam muss an Tante Ulli denken, wenn sie einem großen Hund gegenübersteht und sich nicht weiter traut. Und plötzlich wird ihm bewusst, dass er sich schon längst entschieden hat.
„Morgen, Paula“, ruft er betont freundlich.
„Morgen“, antwortet Paula. Mit einem Lächeln, aber immer noch unsicher.
„Komm her!“, sagt Sam. Er lächelt zurück und stirbt gleichzeitig ein bisschen, weil Sophia ihre Hand vom Sessel löst und einen

Schritt nach hinten macht. Einen Schritt mehr aus seinem Leben und in ihr neues eigenes. Zwei Kurven, die noch lange nach dem Schnittpunkt nebeneinander verlaufen sind, aber sich mit der Zeit immer weiter voneinander entfernt haben, und plötzlich ist man so weit weg, dass man die andere Person gar nicht mehr richtig sehen kann.

„Wir hören uns", sagt Sam.

„Ja", antwortet Sophia. Und dann geht sie wieder nach vorne zu ihrem neuen Platz und schaut kein einziges Mal zurück.

Zara

Miriam will unbedingt sofort mit nach Hause kommen und Sam mit eigenen Augen sehen. Ihre Aufregung ist größer als ihr Ärger darüber, dass Zara eine so große Geschichte für so lange geheim gehalten hat. Darüber ist Zara froh. Gleichzeitig hat sie ein mulmiges Gefühl bei der Sache. Sam ist kein Tier im Zoo, das sie irgendwem vorführen will.

„Ein anderes Mal, okay?", sagt Zara. „Meine Mama ist immer noch ein bisschen durch den Wind nach dem Josef-Skandal. Die braucht, bis sie wieder Besuch verkraftet."

„Ich war schon tausend Mal bei dir!", protestiert Miriam, aber Zara schüttelt den Kopf.

„Das war echt schlimm für uns alle."

„Ja, glaub ich dir, aber jetzt ist doch wieder alles gut?!"

Miriam ist genervt und Zara versteht auch warum, aber sie kann sie trotzdem nicht mit nach Hause nehmen. Nicht wegen ihrer Mutter. Ihre Mutter würde sich freuen. Die hat außerdem den Josef zum Wochenende gleich noch einmal eingeladen. Sozusagen, um das Pferd nach dem Sturz gleich wieder zu besteigen. Aber sie kann niemand Fremden in Sams Zimmer einladen. Das wäre ein riesiger Vertrauensbruch.

„Es geht heute wirklich nicht Mira, tut mir leid."

„Ich versteh einfach nicht, wie du nicht wissen kannst, ob Sam ein Mädchen oder ein Junge ist. Das muss man doch sehen!“
„Ja“, denkt Zara. „Eigentlich schon.“ Aber dann muss sie an das eine Foto denken, von früher. Wo sie neben ihren zwei Cousins in der Sandkiste sitzt. Alle drei in Unterhosen und mit der gleichen Prinz-Eisenherz-Frisur. Sie könnte darauf locker als Junge durchgehen oder ihre Cousins könnten Mädchen sein. Man sieht de facto keinen Unterschied und es war ihnen auch total egal. Sandkuchen backen war wichtiger. Zara fragt sich, ab welchem Punkt das Leben so kompliziert geworden ist.

Sam

Paula ist wie immer die Langsamste beim Zusammenpacken. Sie verschiebt ihre Hefte zehnmal, bevor sie endlich in der richtigen Reihenfolge im Rucksack verschwinden können. Dann fischt sie das Geografieheft wieder heraus, weil sie einen Zettel gefunden hat, der da ganz dringend hineingehört. Ein anderer Zettel fällt zu Boden und wird fein säuberlich wieder an seinen Platz gesteckt. Es ist das organisierteste Chaos, das Sam je gesehen hat. Währenddessen erzählt Paula von allem und nichts. Von dem Chinchilla ihrer Cousine. Von ihrer Cousine. Von ihrem eigenen Hamster, der schon lange tot ist. Von schlechter Wasserqualität in Flüssen. Von Schokobananen. Nicht den gekauften, sondern selbst gemachten. Einfach eine echte Banane in flüssige Schokolade tunken. Das Beste auf der ganzen Welt. Ernsthaft.
„Du, Paula?“, sagt Sam, und sofort lässt sie ihr Lineal wieder auf den Tisch fallen und dreht sich zu ihm.
„Ja?“
Das mag er an ihr. Sie kann im Bruchteil einer Sekunde switchen. Auch in ihrem endlosen Geplappere ist sie jederzeit ganz da, wenn es um etwas Ernsteres geht als Schokobananen. Um Sam zum Beispiel.

Jetzt, wo sie ihn anschaut, bekommt er Angst. Er spürt zu deutlich das Loch in seiner Brust, das plötzlich mit Lichtgeschwindigkeit ganz fest zusammenwachsen will, damit ja nichts nach drinnen oder nach draußen kommt. Aber je länger er wartet, desto mehr wird er sie aussperren und desto unmöglicher wird es werden, auch nur irgendetwas zu sagen. So, wie es mit Sophia passiert ist. Außerdem ist Paula noch nicht lange in seinem Leben, da kann sie sich gleich richtig an ihn gewöhnen. Für seine Eltern ist das schwieriger. Die haben ewig gedacht, sie haben Apfelsaft zu Hause und dabei wurden sie die ganze Zeit verarscht.
„Paula!“, beginnt Sam. „Ich bin Orangensaft. Also, nein. Das wollt ich nicht sagen. Ich bin ein Junge. In Wirklichkeit.“
Die letzten Worte zu schnell und mit zu wenigen Pausen dazwischen, aber ihrem Blick nach zu urteilen, hat Paula ihn trotzdem verstanden. Sofort bereut er, dass er gleich so mit der Tür ins Haus gefallen ist. Er hätte das erklären müssen. Behutsam angehen. So, wie die Ärztin das mit seinen Eltern gemacht hat.
Paula schaut ihn an, mit leicht zusammengekniffenen Augen, wie immer, wenn sie nachdenkt. Und dann lächelt sie und sagt: „Okay!“ Und sonst nichts.

So, als hätte er gesagt:
„Morgen entfällt Mathe.“
„Okay!“

Oder:
„Ich lass mir heute die Haare wieder ein paar Zentimeter kürzer schneiden.“
„Okay!“

Oder:
„Ich würd dir gern ein Foto von Tante Ulli zeigen.“
„Okay!“

Sam packt sein Leben nicht.
„Okay?", fragt er Paula ungläubig.
„Okay!" Sie lächelt immer noch.
„Okay!?" Langsam macht sich Erleichterung in ihm breit, aber auf dünnem Eis. So, als könnte alles jederzeit und ohne Vorwarnung einbrechen.
Paula zuckt mit den Schultern.
„Ich finde, es passt. Außerdem wollte ich immer schon einen besten Freund haben!"
Sie zwinkert ihm zu und Sam merkt, wie der Boden unter seinen Füßen langsam immer fester wird.
„Magst du mal kommen, und wir machen die Schokobananen?"
„Okay!", antwortet Sam und beide lachen.

Zara

Vielleicht wird sie doch noch Detektivin. Wie ganz am Anfang, als alles begonnen hat, steht Zara wieder hinter dem Vorhang und beobachtet Sam. Sam Sam Sam. Sie hatte immer schon angenommen, dass Sam eine Abkürzung ist, aber darauf wäre sie nie gekommen. Er sitzt am Schreibtisch. Er schaut in den Computer. Er steht auf. Spielt kurz mit dem rattigen Hund. Holt sich was zu trinken. Und setzt sich wieder an den Tisch. Immer wieder huscht sein Blick zu ihr herüber, und Zara hält jedes Mal den Atem an, obwohl sie sicher ist, dass er sie nicht sehen kann. Sie sieht ihn dafür umso besser. Mit Miriams Stimme im Hinterkopf, die ihr sagt, dass man doch erkennen muss, ob jemand ein Junge oder ein Mädchen ist. Ihr fallen Details auf, die sie vorher nicht beachtet hat. Leichte Rundungen an Brust und Hüfte. Wie schmächtig seine Schultern sind, selbst in dem weiten Pullover. Und sein Hals läuft völlig glatt nach unten, kein Ansatz von Adamsapfel oder sonst was. Außerdem bewegt er sich viel zu sanft.

„Er bewegt sich viel zu sanft?“ Zara schnaubt, verärgert über sich, Luft aus der Nase. „Bullshit. Er bewegt sich zu sanft. Was soll das überhaupt heißen?“
Sie bewegt sich selbst auch mehr wie eine Ente als wie ein Schwan, aber sie ist trotzdem ein Mädchen und kein Junge oder Vogel oder was auch immer. Was genau ist daran überhaupt so wichtig?
Vorsichtig lässt sich Zara auf den Boden gleiten und kriecht wie eine Schlange zu ihrer Tür. Dann schlüpft sie durch den Spalt nach draußen, um kurz darauf aufrecht wieder in ihr Zimmer zu gehen und das Licht einzuschalten.
„Hallo! :)“, schreibt sie Sam. Mit der Handytaschenlampe auf den Zettel gerichtet.

Sam

„Hallo! :)“, antwortet Sam sofort. „Alles in Ordnung?“
Zara zeigt ihm „Okay“ mit der Hand, und er muss schon wieder lachen. Jetzt im Nachhinein kommt ihm die Unterhaltung mit Paula vor wie aus einem Traum. Vielleicht hat er sich das Ganze nur ausgedacht, und außerhalb seines Kopfes würde sie ganz anders reagieren. Aber er hat noch zu deutlich ihr Lächeln vor seinen Augen. Und ihren ernsten und gleichzeitig ermutigenden Blick. Natürlich hatte sie Fragen. Jeder Mensch hat in so einer Situation Fragen. Sam selbst hat tausend Fragen und zum Glück hatte Paula kein Problem damit zu warten und hat ihm Zeit gegeben, um die Antworten erst einmal für sich zu finden. Dafür hätte er sie gerne umarmt. Ein bisschen bereut er, dass er das nicht einfach getan hat. Aber ein Teil von ihm hat immer noch Angst, dass sie plötzlich wieder verschwindet, wenn er ihr zu nahe kommt. Puff. Und weg.
So wie Zara. Die weiß zwar schon, dass sie Apfelsaft bekommt, aber was, wenn sie enttäuscht ist, dass die Packung falsch bedruckt ist? Wenn sie es total eklig findet, aus etwas zu trinken, wo

eine Orange drauf ist? Wieso soll sie ihn überhaupt trinken? Sam ist verwirrt. Er hat das Gefühl, Zara kennt nur sein Zukunfts-Ich und nicht sein Gegenwarts-Ich, gleichzeitig kennt sie sein Gegenwarts-Ich besser als alle anderen. Und mit jedem Tag, der vergeht, sehnt er sich mehr danach, sie kennenzulernen, und mit jedem weiteren Tag, der vergeht, hat er mehr Angst davor.

Zara

Winken funktioniert nicht. Der Entchen-Tanz zeigt auch keine Wirkung. Ebensowenig Headbangen. Sam schaut geradeaus wie ein Mondkalb und reagiert überhaupt nicht auf den Zettel in ihrer Hand. Zara fühlt sich zurückversetzt in die Szene mit Miriam heute und bekommt Angst, dass sie etwas Falsches geschrieben hat. Zara probiert Hampelmänner, und endlich reagiert Sam.

Sam

Zum Glück kann sie auf die Distanz nicht sehen, wie er rot wird. Total peinlich, dass er so abgedriftet ist.
„Erde an Sam!", steht auf dem Zettel, mit dem sie herumzappelt.
„Sorry", antwortet Sam und fährt sich verlegen durch die Haare. „Funkloch!"
Zara lacht so, wie er gewusst hat, dass sie gleich lachen wird, was schön ist und ihn auch ein bisschen traurig macht. Er möchte wirklich gern wissen, wie sich das Lachen in echt anhört.
„Scheiße", denkt sich Sam. „Scheiße scheiße scheiße." Er merkt, wie die letzten Tage auf ihn abfärben. Adrenalin und Hoffnung sind keine gute Kombination. Er wird leichtsinnig. Er traut sich zu viel. Das kann nicht lange gut gehen und das müsste Sam mittlerweile wirklich wissen. Fast verliert er sich erneut in Gedanken, aber dann reißt er die Augen wieder auf und schnappt sich ein weiteres Blatt Papier.

Zara

„Was ist deine Superheldinnenkraft?“
Zara liest den Satz ein zweites Mal und spürt, wie ihr Herz ein bisschen in die Hose rutscht. „Fuck fuck fuck!“ Was, wenn er sie im Krankenhaus doch gesehen hat? Unmöglich. Sie war gut versteckt. Sam und seine Familie waren viel zu sehr mit sich selbst beschäftigt. Nur was, wenn doch? Sie überlegt ewig, bevor sie ihm antwortet. Aber sie will nicht mehr lügen und beginnt zu schreiben:
„Ich bin unsichtbar.
Lautlos wie eine Löwin.
Nur langweiliger.“

Sam

Manchmal macht es ihn so richtig fertig, wie sehr Selbst- und Fremdwahrnehmung auseinanderdriften. Wie kann Zara ernsthaft glauben, dass sie auch nur annähernd unsichtbar ist? Bis über die ganze graue Fischergasse leuchtet sie zu ihm herüber, und außerdem sieht sie ihn, und nur jemand, der auch da ist, kann einen so sehen.
„Bullshit!“, antwortet er.
„Du brauchst eine andere.
Ich hätt auch gern eine neue Superheldenkraft!“
„Wieso?“, fragt Zara.
„Is mega unpraktisch.
Stell dir vor,
ich umarm irgendwann
unabsichtlich meine Eltern.
Shiiiiit!“
„He! Vl funktioniert das mit Wasser auch?
Vielleicht solltest du doch eine Runde schwimmen.
Und dann plötzlich

– puff –
ist das Becken leer.
Und du musst nie wieder hin
Sam stöhnt auf. Er hat ganz vergessen, dass er irgendwann wieder zum Schwimmen gehen muss. Vielleicht sollte er Christopher doch noch einmal umarmen. Gebrochene Nase 2.0.
„Sorry", schreibt Zara.
„Schlechter Scherz.
Warum willst du eigentlich
so überhaupt nicht
schwimmen gehen?"
Er stöhnt ein zweites Mal auf. So laut, dass Tante Ulli aufsteht und besorgt an seiner Socke zupft.
„Die kann mich nicht solche Sachen fragen!", sagt Sam.
Tante Ulli legt sich hin und schaut herausfordernd zu ihm auf.

Zara

Je mehr sie über die ganze Sache nachdenkt, desto mehr Sinn ergibt alles. Als würden die Puzzle-Teile Stück für Stück plötzlich doch alle ins Bild passen.
Sam schreibt viel zu lange nichts, und dann antwortet er: „Das ist einfach der Teufel, oder?"
„Was?", fragt Zara.
„Na alles."
Zara ist es leid, dass er ständig um den heißen Brei herumredet. „Was genau?", schreibt sie und stemmt die Hände in die Hüften.

Sam

Zara starrt ihn genauso an wie Tante Ulli, und Sam merkt, wie ihn das alles wieder aufs Glatteis hinauszieht. Wie er viel zu unsicher wird. Er kann das nicht.

„Ich muss zum Abendessen", schreibt er. „Gute Nacht!"
Dann zieht er mit einem Ruck die Vorhänge zu und ruft im selben Atemzug so laut: „Scheiße!", dass Tante Ulli erschrocken aufspringt. Das war die dümmste Reaktion seit Langem. Jetzt wird Zara erst recht Verdacht schöpfen oder beleidigt sein. Aber wenn er den Vorhang einfach wieder aufmacht, kommt das noch seltsamer rüber. So wie: „Ups, unabsichtlich zugemacht." Das passiert keinem Menschen jemals.
„Scheiße", flucht Sam noch einmal. Dann geht er aus Mangel an Optionen wirklich in die Küche und braucht ewig, um eine einzige Scheibe Marmeladebrot runterzubringen.

Zara

Sie sollte sich ärgern, aber Zara fühlt sich eher bestätigt. Sie ist auf der richtigen Fährte. Das Internet gibt ihr ebenfalls recht. Es ergibt alles Sinn. Alles. Das hat sie sich allerdings bei Sams Stummheit auch schon gedacht und ist Kopf voran Straußen-Style in den Sand gesegelt. Aber je länger sie googelt, desto sicherer ist sie. Sam war vielleicht immer schon Sam, aber nicht auf dem Papier.

Sam

Das Gute am Wochenende ist, dass er nicht in die Schule muss. Dass seine Eltern Kekse backen und er mit Tante Ulli rohen Teig naschen kann, bis beiden schlecht ist. Dass sie Tee trinken und sein Vater Weihnachtslieder singen will, aber seine Mutter nicht. Dass er einfach stundenlang vor dem Computer sitzen kann und manchmal sogar absichtlich die Kopfhörer nicht aufsetzt, damit er das Gemurmel aus dem Wohnzimmer hört. Es fühlt sich warm an in der Wohnung und erinnert ihn ein bisschen an früher.

Das Schlechte am Wochenende ist, dass er die ganze Zeit drinnen hockt und sich des immer noch geschlossenen Vorhangs viel zu bewusst ist.

Zara

In einer halben Stunde muss sie los, um sich mit dem Josef zu treffen, und Sam hat seinen blöden Vorhang immer noch zugezogen. So lange kann kein Mensch schlafen. Also macht er es wieder absichtlich. Zara ist genervt und erleichtert zugleich. Sie weiß nicht, wie sie ihm sagen soll, dass sie weiß, was los ist. Und was ist, wenn es nicht stimmt? Was, wenn sie genauso falsch liegt, wie vor ein paar Wochen? Sie fühlt sich kribbelig, so als ob eine Million Ameisen über ihre Haut krabbeln würden. Einerseits ist sie froh, dass sie bald den Josef sehen wird, der wunderbar unaufgeregt ist und mit dem sie ganz normal reden kann, ohne dass er gleich wieder verschwindet. Zumindest, solange keine Erdnüsse involviert sind. Andererseits ertappt sie sich dabei, wie sie Miriam recht gibt und ihn zum ersten Mal auch ein wenig langweilig findet. Außerdem hat sie Angst, etwas zu verpassen. Sie möchte lieber zu Hause bleiben und alle fünf Minuten zu Sam hinüber starren wie auf ein Handy, wenn man auf eine Nachricht wartet.

Sam

Gut ist auch, dass es in Strömen regnet. So kann er sich zumindest einreden, dass er den Winter aussperrt und nicht ein komisches Mädchen, das unangenehme Fragen stellt, auf die er eigentlich gerne antworten würde.

Zara

Ein Schritt weiter und ihr fallen die Füße ab. Garantiert. Aber der Josef will nichts davon wissen. Er nimmt sie an der Hand und zieht sie in das nächste Geschäft. Zara hat keine Lust mehr.
„Schau mal, was hältst du von dem?"
Josef hält sich ein graues T-Shirt mit Aufdruck vor die Brust. Nicht für sich, sondern für seinen kleinen Bruder. Zara würde gerne sagen: „Genau gleich wie die anderen fünfzig, die du mir in den letzten paar Stunden gezeigt hast!" Aber das sagt sie nicht. Stattdessen bemüht sie sich zu lächeln und nickt. „Ja, eh ganz gut!"
Josef strahlt. Und greift nach dem nächsten T-Shirt.
Nie und nimmer hätte sich Zara gedacht, dass er so gerne Weihnachtsgeschenke einkauft. Dass er generell so gerne einkauft. Dass er überhaupt etwas so gerne macht. Das letzte Mal, dass sie ihn so begeistert gesehen hat, war, als er während ihres Seeigel-Referats die Schokolade verputzt hat. Und das war nur ein Bruchteil von dem, was sie jetzt gerade vor sich hat.
„Komm, schauen wir noch in die Sport-Abteilung!" Schon wieder zieht er sie hinter sich her, und fast fällt Zara hin, weil sie nicht nachkommt. Am Anfang fand sie es noch schön zu sehen, wie sehr er darin aufgeht, Geschenke für seine Familie zu kaufen, aber mittlerweile könnte sie ihm gut und gerne im Sitzen dabei zuschauen. Am liebsten auf ihrem Bett. Mit Keksen und heißer Schokolade. Und einem Blick rüber zu Sam. Zum Glück fehlt nur noch der kleine Bruder.
„Wie findest du das?" Ein blaues Shirt mit feinen roten Streifen. Zara hat das Gefühl, genau das gleiche hat er ihr schon einmal gezeigt. Sie nickt beiläufig und lässt den Blick durch den Raum schweifen. Tennisschläger. Laufschuhe. Yogamatten. Badeanzüge. Schwimmnudeln. Und plötzlich fühlt sie sich wieder hellwach. Jetzt ist sie es, die Josef an der Hand nimmt und sein Grummeln ignoriert.

„Komm!“, meint sie grinsend. „Du musst was für mich anprobieren!“

Sam

Er hat einen Plan. Sie müssen so lange warten, bis Zara gar nicht mehr erkennen kann, dass er einmal eine andere Verpackung hatte. Und er muss sich ins Zeug legen, damit das nicht zu lange dauert. Sam macht Liegestütze. Kniebeugen und Sit-ups. Er macht eine Stunde lang Youtube-Trainingsvideos, die einem Waschbrettbäuche und Armmuskeln in acht Minuten versprechen. Dann isst er ein halbes Kilo Joghurt auf einmal, weil er gelesen hat, dass Eiweiß wichtig ist. Und dann ist ihm schlecht. Aber er fühlt sich auch ein kleines bisschen besser.

Zara

„Einmal Kekse und Kakao und einmal ein Cola mit extra Erdnuss?“, fragt ihre Mutter mit einem Tablett in der Hand. Zara vergräbt den Kopf in ihren Händen, so unangenehm ist ihr das, aber der Josef grinst.
„Hier bitte einmal extra Erdnuss!“
„Du bist auch wirklich gegen nichts sonst allergisch?“
„Ich schwöre!“, sagt Josef und hält sich eine Hand auf die Brust. Zaras Mutter nickt und zieht die Tür hinter sich wieder zu, bis sie nur einen Spaltbreit offen ist. Vertrauens-Kompromiss.
Zara findet das alles überhaupt nicht lustig.
„Josef! Bitte versprich mir, dass du niemals wieder in meiner Gegenwart fast stirbst. Das halt ich nicht aus.“
„Dann musst du Medizin studieren!“
„Nicht witzig.“
„Okay, ich versuchs. Aber nur, wenn du mir verrätst, für wen das Geschenk ist.“

Er schielt zu dem Beutel neben ihrem Schreibtisch. Mit dem Logo des Sportgeschäfts drauf.
„Das ist für einen Freund", sagt Zara. Sie versucht es, aber sie kann nicht unterdrücken, dass sie lächeln muss, als sie dabei an Sam denkt. Und an sein Gesicht, wenn er es auspacken wird.
„Für welchen Freund?", fragt Josef abrupt und wächst dabei um mindestens zehn Zentimeter. Zara ist überrascht, wie sehr sie sofort in Abwehrhaltung geht.
„Sei nicht blöd, für einen Freund. Nicht meinen Freund!" Dann küsst sie Josef kurz und ist froh, dass sie den Vorhang zugezogen hat, auch wenn Sam schmollt.
„Hey", beginnt Josef nach einer Weile. „Du hast mich ja gefragt, wegen dem Sinn des Lebens und ich hatte keine Ahnung?"
Zara nickt.
„Manchmal, wenn wir wandern gehen, kommen wir nicht ganz bis zum Gipfel. Weil das Wetter schlecht wird. Oder weil wir zu langsam waren. Oder jemand müde wird. Meistens mein kleiner Bruder. Aber egal. Darum geht es nicht. Was ich sagen will, ist, dass ich es immer schön gefunden hab, auch wenn wir nicht bis ganz nach oben gekommen sind. Und das kommt mir wichtig vor."
Dafür muss sie den Josef schon wieder küssen, und dann realisiert sie zwei Dinge auf einmal:

1) Sie will Sam sofort von dem neuen Sinn des Lebens berichten.
4) Sie hat mittlerweile komplett darauf vergessen, Wörter mitzuzählen.

Zara fragt sich, was das heißt. Sie würde sich wünschen, dass der zweite Punkt damit zu tun hat, dass Josef und sie viel mehr Zeit miteinander verbringen, doch eine Stimme in ihrem Kopf sagt, dass ihr das grüne Buch vielleicht auch nicht mehr so wichtig ist. Das mit dem Josef ist schön, aber er mag immer noch keinen Kaffee, und sie selbst geht nicht gern wandern, vielleicht werden sie es auch nicht gemeinsam ganz auf den Berg hinauf schaffen.

Sam

„Du schaust gut aus!“, sagt Paula am Montag, und Sam denkt: „Yes!“ Sein Muskelkater hat sich also schon gelohnt.
Aber als er dann am Abend das blöde Hemd anprobiert, das er in dem blöden Shop gekauft hat, versinkt er darin nach wie vor so extrem, dass man einen Suchtrupp ausschicken müsste, um ihn zu finden, wenn er das anhat. Statt zu trainieren, muss er sich kurz auf sein Bett legen und die Decke anstarren. Er schaut bewusst nicht zu seinem geschlossenen Vorhang, was den noch viel präsenter macht. Inzwischen ist Sam meilenweit von Zara entfernt und mit jedem Tag wird es mehr.
„Scheiß-Vorzeichenfehler“, murmelt Sam und ärgert sich, dass er nicht besser in Mathe ist, um das korrigieren zu können.

Zara

So kurz vor Weihnachten beginnen alle, wahnsinnig zu werden. Selbst die Stradner, der sonst nur selten ein Lächeln entkommt, will Weihnachtslieder singen. Miriam fragt abwechselnd, ob Zara schon gepackt hat und ob es etwas Neues von Sam gibt, und grinst übertrieben breit. Sie hat beim Wichteln Kinokarten bekommen. Von Alan. Zwei Stück. Seitdem ist sie wieder in Höchstform, auch wenn sie noch üüüüberhaupt nicht weiß, wen sie mitnehmen soll.
Zara hat einen rosa Lockenstab von Yasmin bekommen, für die das sicher das allerbeste Geschenk der Welt ist. Das gibt Zara zu denken. Was, wenn auch sie nur glaubt, dass Sam sich freuen wird? Was, wenn sie in Wirklichkeit überhaupt komplett falsch liegt? Bei Yasmin ist das nicht so schlimm, aber wenn man von einem Menschen, der einem wichtig ist, ein richtig unpassendes Geschenk bekommt, ist es etwas anderes. Das verrät einem dann, wie die andere Person einen sieht, und wenn das ganz an der Realität vorbeigeht, tut das vielleicht sogar ein bisschen weh.

So, wie es wehtut, wenn jemand, den man gern hat, plötzlich die Vorhänge zu hat.

Sam

Christopher hat längst vergessen, dass einmal so etwas wie Waffenstillstand zwischen ihnen beiden war. Er sieht, wie Sam Paula etwas ins Ohr flüstert und ruft sofort: „Uuuh, verliebt, verlobt, verheiratet!"
Das darauf folgende Gelächter saugt er auf wie der eklige Tafelschwamm Wasser. Sam überlegt kurz hinzulaufen und Christopher auszudrücken, damit er nicht mehr schwimmen gehen muss, aber Paula sagt: „Da, schaut mal, sogar mit einem echten Diamanten drauf!" Dann zieht sie die Hand schnell wieder weg, bevor irgendjemand sehen kann, dass gar kein Ring auf ihrem Finger ist. Sam ist überrascht, wie schlagfertig Paula ist.
Aber Christopher grinst immer noch und sagt: „Süß! Vom Kaugummiautomaten?"
Wieder Gelächter, aber weniger als vorher.
„Jep, für meine Verlobte nur das Beste. Deswegen darfst du auch nicht zur Hochzeit kommen, sorry", sagt Sam und kassiert ebenfalls ein paar Lacher.
„Willst du eine doppelt gebrochene Nase, oder was?"
„Willst du einen Tritt in die Eier, oder was?" Sam schnaubt. Er merkt erst, als Paula ihm vorsichtig auf eine Schulter greift, dass er aufgestanden ist. Die Hände zu Fäusten geballt. Die ganze Klasse hält den Atem an. Niemand lacht mehr.
„Du hast so ein Problem!", sagt Christopher. Schon viel weniger souverän.
„Alle haben ein Problem", denkt sich Sam. Alle alle alle, er und Christopher und Paula und Sophia und Marie-Louise. Sogar die Schulärztin muss ganz sicher manchmal ihre eigenen Probleme mit jemand anderem besprechen.

„Ja, hab ich“, sagt er deshalb und Paula sagt: „Ich auch!“
Christopher schaut zwischen ihnen hin und her und macht schon wieder seinen Fischmund, aber dann kommt zum Glück die Englisch-Frau zur Tür herein und rettet alle ihre Nasen.

„Danke“, sagt Sam, als er später im Bus neben Paula sitzt.
„Bitte“, antwortet Paula. „Zusammen kann man mutiger sein, das macht auch Spaß.“
Daran versucht er sich festzuhalten, als sie kurz darauf vor Paulas Wohnungstür stehen.
„Du musst das nicht machen“, sagt sie und schaut ihn vorsichtig von der Seite an. Sam bemüht sich zu lächeln und wischt sich gleichzeitig so unauffällig wie möglich die schweißnassen Hände an seiner Hose ab.
„Ich weiß, aber ich will!“
Paulas Eltern sind nett und klein und stehen wie ein Empfangskomitee im Vorzimmer bereit.
„Mama, Papa, das ist Sam. Ein Freund von mir!“
Sam schüttelt ihnen die Hand und murmelt zuerst wieder in einer viel zu tiefen, peinlichen Stimme etwas daher, aber Paulas Mutter sagt trotzdem:
„Freut mich, dich endlich kennenzulernen, Sam!“
Und ihr Vater sagt: „Wurde ja auch Zeit, dass unsere Kleine mal einen Jungen mit nach Hause bringt!“
Paula jault entrüstet auf und boxt ihren Vater zwischen die Rippen, aber der lacht nur. Und plötzlich lacht Sam mit. In seiner ganz normalen Stimme. Er hat keine Ahnung, wie viel Paula ihren Eltern erzählt hat, aber in dem Moment ist es ihm auch egal.
„Freut mich auch!“, sagt Sam. Und dann essen sie die berühmten Schokobananen, Paula zeigt ihm Fotos von ihrem früheren Hamster und es fühlt sich alles angenehm normal an.

Zara

Zwei Tage noch. Dann beginnen die Ferien. Und Zara hat keine Chance mehr, Sam das Geschenk zu geben. Außer, wenn sie nach drüben geht und auf gut Glück bei allen Wohnungen anläutet. Wie die Sternsinger. Darauf hat sie keine Lust.

Sie muss wissen, ob er überhaupt noch lebt und wie gewohnt zur Schule fährt, deswegen lässt Zara ihren eigenen Bus fahren und bezieht Stellung am Fenster. Pünktlich verlässt Sam das Haus. Er schaut ganz normal aus. Weder besonders glücklich, noch besonders unglücklich. Kurz bildet sie sich ein, dass er nach oben schaut, aber dann ist der Moment auch schon wieder vorbei. Miriam sagt, er hat Angst. Und das stimmt wahrscheinlich. Aber wieso vor ihr?

Zara kommt eine Viertelstunde zu spät in die Schule und kassiert nicht einmal ein fettes Minus. Fast ruft sie: „Scheiße, das ist doch nicht gerecht!“, weil sie sich so wegen Sam ärgert. Aber auch nur fast.

Sam

Es passt noch immer nicht alles besser zusammen in seinem Leben, aber es ergibt mehr Sinn. Dort wo Sophia war, ist ein Loch und das wird da vielleicht immer bleiben. Und Christopher wird sein Antipode bleiben, aber beides fühlt sich okay an. Auf unterschiedlich traurige Art und Weise. Die einzige Stelle, die immer noch extrem unaufgeräumt ist, ist Zara. Mit ihrem viel zu großen Vogel für eine Stadtwohnung. Die er beide lieb gewonnen hat.

„Es ist nicht fair“, denkt Sam.

Ohne Zara hätte er vielleicht nicht so bald den Mut gefunden, Ordnung in das Chaos zu bringen, und genau sie ist auf der Strecke geblieben. Bei Zara ist die ganze Unordnung geparkt, die man unters Bett schiebt und dann so tut, als hätte man fertig aufgeräumt, obwohl sie das am allerwenigsten verdient hat.

Die Ärztin im Krankenhaus, zu der er jetzt jede Woche geht, sagt, dass es wichtig sei, offen miteinander zu reden. Und da hat sie garantiert recht, aber Sam traut sich nicht. Offen ist gut, allerdings kann man eine Person auch komplett verlieren, wenn sie damit nicht umgehen kann, weil der Moment nicht passt. Sam muss wohl noch eine ganze Reihe Liegestütze machen, bis er sich stark genug fühlt, den Vorhang wieder aufzumachen.

Zara

Miriam hält zwei Stück Papier hinter ihrem Rücken versteckt. Eines mit einem roten Kreis und eines mit einem blauen X. Bei Rot muss Zara Sam das Geschenk geben. Bei Blau spendet sie es für einen guten Zweck.
„Links!"
Grinsend lässt ihr Miriam den Zettel mit dem Kreis in die Hand fallen.
„Ich hätte immer den bekommen, oder?"
Miriam nickt. „Sei nicht so feig!"
„Selber feig", murmelt Zara und weiß aber insgeheim, dass Miriam recht hat. Schlimmer als jetzt kann es eigentlich nicht mehr werden. Außerdem hat sie eine Idee, was sie ihm gern sagen möchte. Über Erdnussbutter. Und so weiter.
Das Papier in ihrer Hand wird immer kleiner und segelt in Mini-Stückchen zu Boden. Zara hat genug von Zetteln.

Sam

Ein letztes Mal noch frierend auf den Bus warten. Dann sind endlich Ferien. Schnee fällt in dichten Flocken. Sam streckt seinen Arm aus und beobachtet, wie die Kristalle kurz auf seiner dunklen Jacke liegen bleiben, bevor sie sich in kleine Wassertröpfchen verwandeln. Letztes Jahr hat er mit Sophia noch Schneeengel gemacht. Er weiß nicht, ob er heuer überhaupt welche machen wird. Vielleicht ist das auch ein Inbegriff des Erwachsenseins. Niemand bei gutem Verstand legt sich noch mit dem Rücken in den Schnee.

Zara

Er schaut erst auf, als sie schon direkt vor ihm steht. Mit Schneeflocken in seinen Haaren und seinen dunklen Wimpern.
„Keine Angst!", sagt Zara.
Sam entkommt ein Schrei.

Sam

Es ist zu spät zum Weglaufen.
„Keine Angst!", sagt Zara ein zweites Mal. Dann drückt sie ihm ein Paket in die Hand.

Zara

„Ich will nicht mit dir reden, keine Sorge. Ich wollte dir nur das geben."
Sam nimmt das Geschenk wie ferngesteuert an, und kurz hat Zara Angst, dass er es sofort wieder fallen lässt, aber er hält es einfach weiterhin mit halb ausgestrecktem Arm und starrt sie an.
„Frohe Weihnachten, Sam!"
Dann dreht sie sich um und geht.

Sam

Déjà-vu – unter anderem das Phänomen, wenn man zum wiederholten Mal im Bus sitzt und laut flucht, weil man es schon wieder verbockt hat.

Zara

Wenn sie davor jemand gefragt hätte, was sie sich von der Aktion erhofft, hätte sie geantwortet: „Ach nichts, ich will einfach nur, dass er weiß, dass es okay ist. Alles. Und dann soll er selbst entscheiden, was er mit der Information machen will.“
Aber dafür, dass sie sich zuvor so souverän vorgekommen ist, fühlt sie sich jetzt ziemlich enttäuscht. Zumindest irgendetwas hätte er sagen können. Danke. Sie hätten mit „Danke“ starten können und dann weitersehen. Zara hofft, dass er sich zumindest wieder meldet, wenn er das Geschenk ausgepackt hat.

Sam

Scham – unter anderem das Phänomen, wenn man einen lieben Menschen tagelang ignoriert und die Person einem trotzdem etwas zu Weihnachten schenkt.

Zara

Manchmal ist das Leben schön und traurig zu gleich. Schön ist, mit ihrer Mutter neben dem Christbaum zu sitzen und Sternspritzern zuzuschauen. Schön ist, ausnahmsweise ein akzeptables Geschenk von ihrem Papa bekommen zu haben. Und ein mehr als geniales Geschenk vom Josef. Schön ist auch, einen gepackten Rucksack im Zimmer stehen zu haben, mit dem sie morgen früh in die Berghütte von Miriams Eltern fahren wird.

Sam

Schlamassel – unter anderem das Phänomen, wenn man aufgrund eines Missgeschicks in eine blöde Situation gerät, aus der man so leicht nicht mehr hinauskommt.

Zara

Traurig ist, von eben diesem Zimmer in regelmäßigen Abständen auf ein bestimmtes Fenster zu schauen, bei dem immer noch die Vorhänge zugezogen sind. Ebenfalls traurig ist, sich über das geniale Geschenk gar nicht so zu freuen, wie das vor einem Monat noch der Fall gewesen wäre.

Sam

Bald ist der Abend so weit fortgeschritten, dass seine Eltern nur mehr Weihnachtslieder grölen und sich gegenseitig Punsch einschenken, bis neuer gemacht werden muss. Ein kleines Glas durfte Sam trinken, und er spürt immer noch das warme Kribbeln, das sich in ihm ausgebreitet hat und alles wie in Watte verpackt wirken lässt. Tante Ulli wühlt sich durch den Haufen Geschenkpapier auf dem Boden und zerrt an einer hellblauen Schleife. In seinem Zimmer liegt noch ein ungeöffnetes Paket in genau derselben Farbe.
„Ich komme gleich wieder", sagt Sam, und seine Eltern schauen gar nicht auf, als er geht.
Das Geschenk liegt immer noch dort, wo er es am Freitag hingelegt hat. Vorsichtig greift er danach und hält es sich unter die Nase. Auf der Suche nach einer Spur von Zara, aber er bezweifelt, dass sie nach Papier riecht. Der Inhalt fühlt sich weich an. Sam ist nervös. Fein säuberlich zieht er jeden Streifen Klebeband ab, um möglichst viel Zeit zu gewinnen. Drinnen ist so etwas wie ein Tauchanzug. Aber aus dünnerem Stoff und mit kurzen Ärmeln und Beinen. Schwarz mit türkisen Streifen auf den Seiten. Er schaut ganz cool aus, aber Sam versteht nicht, was er damit machen soll. Dann entdeckt er die Karte.

„Lieber Sam,
ich weiß, was los ist. Und es ist alles gut!

Hoffentlich passt dir dein Superhelden-Kostüm. Nicht optimal, aber vielleicht eine ganz gute Zwischenlösung für den Schwimmunterricht. Heißer Surfer Dude und so ;)

Ich hab nachgedacht, und Erdnussbutter ist natürlich immer noch der ultimative Sinn des Lebens. Aber direkt danach kommt, man selbst zu sein und zu wissen, dass das reicht. Vorzeichen kann man relativ leicht ändern, you know.

Von meinem Antipoden soll ich dir außerdem sagen, dass der Weg in Wirklichkeit das Ziel ist.

Ich würde mich wirklich freuen, wenn wir uns mal sehen, Sam. So richtig. Mir geht das Papier aus! ;)

Frohe Weihnachten,
Zara“

Darunter ist ein Herz mit einem kleinen gestreiften Rechteck daneben. Oben und unten hellblau, dann rosa und innen weiß.

Sam sitzt regungslos da und packt sein Leben überhaupt nicht. Er lässt den Shorty durch seine Hände gleiten und entdeckt, dass auf dem Rückenteil in krakeligen Buchstaben „Puff-Man“ steht, was bescheuert ist und wunderschön. Sam muss lachen und weinen, weil es viel zu gut ist und weil er das nicht verdient hat und weil er alles verbockt. Dann stürzt er zum Fenster und reißt den Vorhang auf. Drüben ist es finster.
„Shit Shit Shit“, flucht Sam. Und dann spürt er plötzlich, wie die Lähmung der letzten Tage von ihm abfällt und er in die Gänge kommt. Er wird das wieder reparieren, er hat eine Idee.
„Mama, Papa, ich plündere unseren Weihnachtsbaum!“
„Ja, mach nur!“

„Lass uns nur was von den Nougat-Kugeln übrig!"
„Ja, nicht alle Nougat-Kugeln."
„Alles, außer die Nougat-Kugeln!"
Sam nickt. Er hat nicht vor, auch nur eine einzige Nougat-Kugel zu nehmen. Oder sonst etwas Essbares.

Zara

Sie dreht vorsichtig den Fernseher ab. Dann holt sie eine Decke aus dem Schlafzimmer und steckt sie um ihre Mutter fest, die mit offenem Mund auf der Couch liegt und leise schnarcht.
„Gute Nacht, Mama!", flüstert sie.
„Gute Nacht, Zara", murmelt ihre Mutter verschlafen zurück. „Nicht zu viel Party machen, gell!"
„Nie!", sagt Zara und fühlt sich ein wenig allein.

Sam

Obwohl es gegenüber nach zwei Stunden immer noch finster ist, wartet Sam nach wie vor am Fenster und starrt auf die Lichterkette, die er mit Gaffa am Fenster montiert hat.

Zara

Weihnachten ist fast vorbei. In acht Stunden wird Miriams Familie sie abholen, und dann wird sie für ein paar Tage vergessen, dass der traurigste Junge der Welt gegenüber wohnt. Vielleicht findet er ihr Geschenk blöd. Vielleicht hat er es gar nicht aufgemacht. Vielleicht sollte sie das Ganze einfach sein lassen. Die Versuchung ist groß, sich zu ihrer Mutter auf die Couch zu kuscheln, aber Sam will ihr einfach nicht aus dem Kopf. Noch hat sie einen kleinen Funken Hoffnung in der Brust.

Sam

Wie ein Leuchtturm blinken die Wörter zu Zara hinüber. Damit sie ihn sofort findet, wenn sie endlich in ihr Zimmer kommt.

Zara

Drüben blinkt was. Drüben bei Sam blinkt was. Sie sprintet die drei Meter von der Tür bis zu ihrem Fenster, so schnell sie kann.

Sam

Sein Herz pocht bis in seinen Hals hinauf. Am liebsten würde er das Fenster aufreißen und zu ihr hinüber schreien.

Zara

Zuerst kann sie die Buchstaben nicht erkennen, aber dann stellt Sam das Blinken um auf Dauerleuchten und Zara fühlt sich so warm und hell wie die Lichterkette. Sie greift nach ihrem Handy und macht die Taschenlampe an.
„Fischerpark?
Jetzt????"
„JETZT!", antwortet Sam.
Zara zögert keine Sekunde. Sie aktiviert ihre Superheldinnenkraft, greift diesmal auch nach ihrer Jacke und schleicht aus der Wohnung.

Sam

„Ich geh mit Tante Ulli noch mal raus!"
„Dankeeee", rufen seine Eltern unisono. Und dann fliegt Sam auch schon die Stiegen nach unten. Mit lauter Dingen im Kopf, die ihm beim Warten bewusst geworden sind. Er weiß jetzt, dass

er erwachsen und nicht erwachsen gleichzeitig sein kann. Dass er manchmal alleine zu Dr. Schwarz muss, aber wenn es zu schlimm ist, kommt jemand mit. Und dass es in Ordnung ist, wenn er nie aufhört, Angst vor gewissen Sachen zu haben. Außerdem kann er in Zukunft mutig genug sein und Dinge einfach ansprechen. Die negativen Erfahrungen werden mehr werden, aber die positiven auch. Und es ist macht auch nichts, wenn er sich jetzt noch nicht zu hundert Prozent mag, aber irgendwann wird er an den Punkt kommen, wo er zumindest näher dran sein wird. Und gleich wird er hören, wie es klingt, wenn Zara lacht. Und dann werden sie in den Fischerpark gehen, und er wird ihr von Paula erzählen und sie von ihrem Antipoden, in den sie verliebt ist. Und dann werden sie Schneeengel machen und der von Zara wird anders ausschauen als der von Sophia, aber es wird trotzdem okay sein. Und wenn sie sich in Luft auflöst, hat er immer noch ein paar schöne Momente mit ihr gehabt. Das ist besser als nichts.

Zara

Fast zeitgleich treten sie in die verschneite Fischergasse. Natürlich würden sie sich da schon treffen und nicht erst im Park. Der rattige Hund ist auch dabei und Zara ist so nervös und glücklich und voll mit Weihnachten, dass das Lachen nur so aus ihr herausgluckst. Sie gehen aufeinander zu und dann trennt sie nur noch ein Meter.

Sam

„Puff", sagt Zara und umarmt Sam.

„Puff", sagt Sam und schließt die Augen. Als er sie wieder öffnet, ist sie immer noch da.

Danksagung in chronologischer Reihenfolge:

Danke an meine Familie, die mich nie zum Bilderbuchmädchen machen wollte.
Danke an Daniel, ohne den ich nie in einem kleinen Paddelboot im Amazonas gelandet wäre. Ohne dich würde es dieses Buch nicht geben.
Danke an das Institut für Jugendliteratur für alles, was ihr macht. Insbesondere für das Förderprogramm Schreibzeit, in dessen Rahmen die erste Fassung dieses Buches entstanden ist.
Danke an Franz, dafür, dass du an mich und an dieses Buch geglaubt hast. Du warst wichtiger, als du vielleicht weißt.
Danke an Tom, von Herzen. Vor allem dafür, dass du so offen mir gegenüber warst, trotz berechtigter Zweifel.
Danke an Michael, für deine Hilfe beim Probleme lösen, deine Worte und deine Musik.
Danke an Thomas R., für deine Ohren und das Trocknen von Tränen. (You know)
Danke an Sophie Löw, für deine Gedanken, deinen Mut und für die Fotos.
Danke an den Jungbrunnen Verlag, für eurer Vertrauen in mich und in die Geschichte von Zara & Sam.
Danke an Thomas G., meinen Topfdeckel, für deine kritische und gleichzeitig so motivierende Stimme.
Danke an Christian Walther und das Gulliver-Team, dafür dass das *Bilderbuchmädchen* hiermit eine neue Reise antreten darf.

Und Danke Danke Danke an alle Leser:innen. Ihr macht Bücher zu Geschichten.

Agi Ofner

© Sophie Löw

Agi Ofner, 1989 in der Steiermark geboren, studierte Fennistik und Nederlandistik und machte anschließend eine Ausbildung zur Grafik-Designerin an der Graphischen in Wien. Heute arbeitet sie als freischaffende Autorin und Illustratorin und lebt mir ihrer Familie wieder auf dem Land. Ihr erster Roman *Nicht so das Bilderbuchmädchen* wurde unter anderem mit dem Österreichischen Kinder- und Jugendbuchpreis ausgezeichnet.

Elisabeth Steinkellner
Dieser wilde Ozean, den wir Leben nennen

Roman, 236 Seiten (ab 14), Gulliver 75534
Ebenfalls als E-Book erhältlich (74681)

Simon ist auf der Suche nach seiner Zugbekanntschaft und reist in eine fremde Stadt. Antonia hat die Suche nach ihrem Bruder aufgegeben und treibt ziellos durch ihr Leben. Zufällig kommen die beiden auf einer Parkbank miteinander ins Gespräch. Obwohl oder gerade weil sie sich nicht kennen, sprechen sie über Dinge, die sie sonst für sich behalten. Teilen für ein paar Tage Erinnerungen und Tagträume miteinander. Als ihre Wege sich wieder trennen, scheint alles möglich.

Elisabeth Steinkellner
Papierklavier

Mit zweifarbigen Illustrationen von Anna Gusella
Roman, 140 Seiten (ab 14), Beltz & Gelberg 75579
Nominiert für den Deutschen Jugendliteraturpreis

Maia, 16, pendelt zwischen Schule, Teilzeitjob und ihrer Rolle als Ersatzmutter für ihre jüngeren Schwestern. Schnoddrig, selbstbewusst und mit zwei besten Freundinnen an ihrer Seite geht sie durchs Leben, kämpft manchmal gegen ihre eigenen Kilos, meist aber gegen zu starre Schönheitsnormen. Sie steht zu sich und hält zu ihren Freundinnen – komme, was da wolle. Ihre Gefühle schreibt sie hier nieder, mit Bildern, die da einspringen, wo Maia keine Worte findet.

Linus Giese

Ich bin Linus

Wie ich der Mann wurde, der ich schon immer war
224 Seiten (ab 14), Gulliver TB 81332

Mit dem Satz »Ich bin Linus« beginnt im Sommer 2017 sein neues Leben. Ein Leben, das nicht mehr von Scham, sondern von Befreiung geprägt ist. Offen erzählt Linus Giese von seinem Weg als trans Mann und warum sein Leben heute nicht einfacher, aber sehr viel glücklicher ist.

Lea-Lina Oppermann

Fürchtet uns, wir sind die Zukunft

Roman, 294 Seiten (ab 14), Gulliver 81298
Ebenfalls als E-Book erhältlich (75581)

Als der Klavierstudent Theo auf die charismatische Aida trifft, stürzt sein Weltbild in sich zusammen. Aida kämpft mit der ZUKUNFT gegen die Machtstrukturen an der Akademie. Die Studenten prangern Missstände an, wollen wachrütteln und das Leben feiern. Fasziniert lässt sich Theo von Aidas feurigen Reden mitreißen und folgt den waghalsigen Aktionen der ZUKUNFT. Bis er etwas Ungeheuerliches erfährt ...

GULLIVER www.beltz.de

Juliane Pickel
Krummer Hund

Roman, 264 Seiten (ab 14), Gulliver TB 81299
Ebenfalls als E-Book erhältlich (75876)
Nominierung für den Deutschen Jugendliteraturpreis
LUCHS des Jahres 2021 (ZEIT / Radio Bremen)

Daniel ist vor allem eins: wütend. Sein Vater ist weg, seine Mutter schleppt einen Liebhaber nach dem anderen an. Doc, ihr neuester Freund, ist der Mann, der Daniels Hund eingeschläfert hat. Trotzdem gewinnt Daniel ihn lieb. Bis zu einem tödlichen Unfall nach einer Party, durch den Daniel ein schrecklicher Verdacht kommt. Kann er seinen Erinnerungen an diese Nacht glauben?

Juliane Pickel
Rattensommer

Roman, 256 Seiten (ab 14), Beltz & Gelberg 75687
Ebenfalls als E-Book erhältlich (75700)

Seit Wochen ist es mörderisch heiß. Lou und Sonny, 15, beste Freundinnen, vertreiben sich die Zeit in ihrem verlassenen Schwimmbad – und kommen sich näher. Aber mit der Hitze ist auch ein Schatten aus Sonnys Vergangenheit in die Kleinstadt eingezogen: Hagen Bender, der Mörder ihrer Mutter. Sonny will Rache – und Lou soll ihr helfen. Doch je mehr Lou über Bender erfährt, desto mehr Zweifel kommen ihr an diesem Plan ...

GULLIVER www.beltz.de

Blake Nelson

Paranoid Park

Aus dem Amerikanischen von Heike Brandt
Roman, 192 Seiten (ab 14), Gulliver 74161
Ebenfalls als E-Book erhältlich (74154)

»Paranoid Park« ist eine illegale Skateranlage in Portland, Oregon: Als »Skater« den Park betritt, wird er in einen Kampf verwickelt, an dessen abruptem Ende ein Toter zurückbleibt. Panik. Flucht. Schlaflose Nächte. Sich jemandem anvertrauen wollen. Aber es siegt die Sprachlosigkeit. Der Gedanke: Vielleicht werde ich nicht geschnappt. Schweigen. Bis Unschuld zu Mitschuld wird und die Frage, wie damit umgehen, eine brisante Eigendynamik entwickelt …

Stephan Knösel

Panic Hotel. Letzte Zuflucht

Roman, 357 Seiten (ab 14), Gulliver TB 81270
Ebenfalls als E-Book erhältlich (75830)

Der Konflikt zwischen den Atommächten eskaliert. Reiche Menschen haben sich rechtzeitig in Bunker eingekauft, die wie Luxushotels funktionieren. Nur hier ist ein Überleben noch möglich. Auch für Janja und Wesley ist so ein Bunker die letzte Rettung. Als Bedienstete werden sie jedoch wie Sklaven behandelt und ihre Liebe birgt lebensbedrohliche Gefahren für sie. Als plötzlich Menschen verschwinden, lehnen sich die beiden gegen das erbarmungslose System auf …